川上弘美

恋ははかない、あるいは、プールの底のステーキ

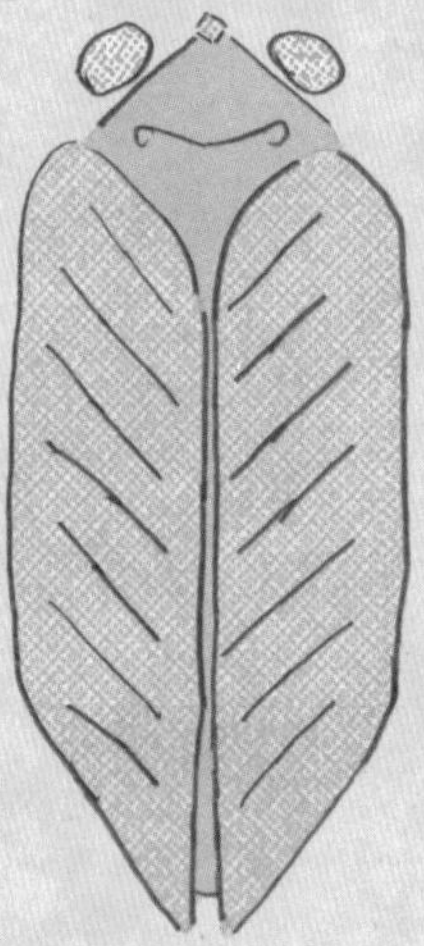

講談社

恋ははかない、あるいは、プールの底のステーキ

目次

恋ははかない、あるいは、プールの底のステーキ

母はいつもわたしを仕事につれていった。大きな屋敷でパートタイムのメイドをしていたのである。まだカリフォルニアに来たばかりで、言葉も何もわからなかった四歳のわたしを家に置いておくわけにもゆかず、頼みこんで連れていったらしい。しばらくしてわたしはナーサリースクールに入ることができたので、それからは屋敷にはついて行かなくなったのだけれど。ナーサリースクールでは、母親たちがまわりもちで絵本の朗読をしなければならなかった。母は四苦八苦していた。英語は、ほとんどできなかったのだ。だから絵本を読むかわりにおはぎを作っていってカリフォルニアの子どもたちに食べさせることにした。黒くて甘くて怪しいその食物を食べる子どもはほとんどいなかった。思いきって口に入れた子どもも、すぐに吐きだした。

屋敷は迷路のようだった。日本の大きな家は二階建てなのに、カリフォルニアの大きな家は平屋なのである。庭には大きな腎臓形のプールがあり、それとは別に温水をためるための

四角い小さなプールもあった。母がメイドとして屋敷に通いはじめたのは秋だったので、腎臓形のプールには水が張られていなかった。落ち葉がプールの底にふりつもっており、朝一番の仕事はその落ち葉を掃き出すことだった。プールのふちに立って、地面よりも低いプールの底で落ち葉を集めている母を、わたしはじっと見ていた。

温水をためる四角い方のプールにはふたがあり、屋敷の主人である夫妻が、水着を身につけて毎日のように入っていた。明るい日のさす午後に、二人で無言で座ってプールに沈み、夫の方は新聞を読み、妻は雑誌のクロスワードパズルを解いていた。二十分ほどたつと、二人は無言のままお湯からあがり、屋敷へと戻っていった。二人の歩いた後には水の跡が残っていて、プールに近いほど色が濃く、遠ざかるほど薄くなっていった。

夫妻は食器道楽で、ダイニングの食器棚にはぎっしりとカップや平皿、ピッチャーにボウルがしまいこまれていた。そろいのセットの中のいくつかが割れたり欠けたりすると、メイドたちに下げ渡された。母は、勤めはじめて一年めに、屋敷の夫妻の子どもたちが小さいころおままごとに使っていたという、たくさんひびの入った茶器セットをもらってきた。欠けたカップは、美しい小花柄だった。ソーサーは黄みがかっていて、ふちは金色である。ティースプーンは元は銀色だっただろうが、くもりきっていた。住んでいたアパートメンツの敷地内にある公園の砂場に茶器セットを持っていって遊んでいたら、赤い髪の女の子がやってきて一緒に遊びはじめた。砂をカップに入れ、スプーンで乱暴にかきまぜた。砂の中でスプーンが茶器に当たるくぐもった音がした。小指をたててカップを持った赤い髪の女の子は、砂を飲み干すふりをしつつカップから砂を捨てようとしたが、まちがって砂をのみこんでしまった。飲んだ砂を吐きちらし、女の子はカップとソーサーを地面に叩きつけた。カップもソーサーも割れ、砂の上に散らばった。途方に暮れて女の子を見あげた。そばかすが女の子の顔に散っていた。おさる、と、女の子はつぶやき、のしのしと去っていった。アパートメントに帰ったら母がチキンをオーブンに入れるところだった。茶器セットはどうしたのと聞かれ、割れてしまったと答えた。残ったスプーンはベッドのシーツの下におしこんだ。翌週洗濯の日にシーツを交換した時にどこかに行ってしまった。赤い髪の女の子とは二度と会うことはなかった。

ナーサリースクールは終了し、附属の幼稚園での一年間を経て近所の公立の小学校に通いはじめたわたしは、クラスでいちばんできるグループに属するようになった。クラスは成績順の六つのグループにわけられ、さらに成績のいい子どもはスキップして上の学年に行くのだ。毎日小テストがあり、できないグループのキャンディーが「うつさせて」と言うので、答案をうつさせてあげていた。キャンディーはわたしのことを、おさる、とは決して言わなかった。もちろんテストをうつさせてもらうためだ。ほかの子どもも、わたしのことを、おさる、とは言わなかった。さほどわたしに興味がなかったからだ。毎朝アメリカ国歌を歌ってから授業は始まった。アメリカ国歌はすてきにリズミカルで、君が代よりも歌いやすかったが、それよりもわたしはビートルズの『シー・ラブス・ユー』の方がもっと好きだった。一度、誰もいない砂場で砂を食べてみたことがある。最悪だった。

父は大学のオーバードクターとして留学していた。研究室のボスであるグリーンは、定期的にホームパーティーを開いた。グリーンの家も大きな屋敷だった。庭に置いてあるグリルで、グリーンがステーキと野菜を焼いた。グリーンの家の腎臓形のプールは、母がメイドに行っている家のものよりは小さかった。グリーンの長女のジュリーと次女のメイジーがプールで泳いでいた。ジュリーのセパレーツの水着は黄色、メイジーのワンピースの水着は大きな花柄で、ジュリーとメイジーの胸はたわわだった。ステーキが焼きあがったころに、ジュリーとメイジーはプールからあがり、ステーキの皿を受け取ると、家の中に入っていった。庭にはもう出て来ず、リビングルームでコークを飲みながら、二人でずっとおしゃべりをしていた。ガラスに鼻をぺったりつけて二人を見ていたら、しっと追い払われた。グリーンからわたしもステーキの皿を渡してもらった。ステーキは硬かった。家では手に持てる骨つきのチキンしか食べなかったので、ナイフはうまく使えなかった。母が切りわけてくれたステーキの小片を噛んだ。五分噛みつづけても、ちっとも小さくならなかった。こっそりプールに捨てた。灰色になったステーキの小片は、ゆっくりとプールの底に沈んでいった。

マミーが国に帰っちゃったんだと、ヤンさんのところのジイミンは言うのだった。ジイミンのマミーはいつもたくさんの宝石を身につけていた。麻雀をする時には、エメラルドの指輪のプラチナ部分がパイにあたって、かちかちと音がした。

マミーはもう戻ってこないの？　聞くと、ジイミンはめそめそ泣きだした。大学に属しているさまざまな国の者たちが住むアパートメンツは、東京の後楽園球場よりもずっと広い敷地に何棟もつらなり、ジイミンのすまいは敷地のなかほど、わたしのところは東の端だった。ジイミンのダッドとわたしの父は同じボスのもとで働いていた。ボスであるグリーンの屋敷のホームパーティーで会うと、ジイミンはわたしを無視した。だからわたしもグリーンの家ではジイミンを無視した。

ジイミンのところに遊びに行くと、ジイミンは自分の部屋のつくりつけの物入れを開き、上の段にのぼるようにと言う。ふつうならば服やおもちゃやダンボール箱などがぎっしりつまっている物入れなのだけれど、ジイミンの部屋の物入れの上の段は、からっぽだった。

わたしが上の段に這い上ると、ジイミンも後からのぼってくる。そして、床を見下ろしながら、

「あんなに地上は遠いよ。ほら、小さな人民がいっぱいいる」

と、興奮した声で指さすのだ。

どうやら物入れの上段ははるか上空に浮かぶ城で、わたしとジイミンは城の塔から下界を

見下ろしているらしかった。床の模様が、なるほど人のように見えないこともない。

「ジイミンは王さまなの？」

「ううん、王子」

「じゃああたしは王女？」

「ううん、家来」

ジイミンのマミーは地上にはいないのかと聞くと、ジイミンはまた泣きだした。

「あそこにはいないの。台湾に帰っちゃったの」

と、しゃくりあげた。

帰ったんじゃなくて、きっと違う姿になってこのへんにいるんだよと言うと、ジイミンは泣きやんだ。

「どんな姿なの？」

「たぶん、くじゃく」

アパートメンツの敷地を出てしばらく歩くと、カリフォルニアの西海岸を南北に走っている鉄道の線路がある。くじゃくは、線路脇にある大きな林にうじゃうじゃいるのだ。

物入れから飛び降り、二人で林に向かった。線路は平原に敷いてあり、周囲には囲いも何もない。ごくたまに貨物列車が通るくらいで、人影もない。野うさぎがすばしっこく草原を走ってゆく。しばらくジイミンと手をつないで線路の上を歩いた。林が近づくと、くじゃくの鳴き声が聞こえはじめた。甲高いサイレンのような声である。きれいな羽根のくじゃくは一羽だけで、あとはくろっぽい羽根のものばかりだった。

「あのきれいな羽根のがマミーだね」

ジイミンは言った。

「うん」

二人でしばらくくじゃくを眺めた。きれいな羽根の一羽のまわりにくろっぽい羽根のが何羽もうろついている。マミー、とジイミンが呼びかけたが、くじゃくは答えなかった。鳴き声もたてなくなっている。

「きっとふきげんなんだ。マミーは夕方になるとふきげんになって、台湾に帰りたいって言うんだ」

くじゃくは大きく羽根を広げた。夕刻の日がななめに当たって、きらきらと輝いた。ジイミンのマミーと同じように、宝石を体いっぱいにつけているようだった。ヤンさんの奥さんは全財産を宝石に替えて、いつも身につけてるんですって。何かあった時に売ってお金にできるように。母が父に言っていた言葉を思いだした。

きれいな羽根のくじゃくは雌ではなく雄だということを知ったのは、日本に帰ってからである。

ビヨルンは同じクラスの男の子だった。小学校の最初の授業で、それぞれの名前をカードにしたものを先生がつくってくれたのだけれど、ビヨルンの名前にはØというへんな文字が入っていた。

「それ、どうやって書くの」

みんなが聞いた。ビヨルンは、Oの字を書き、ななめに棒を突き抜けさせた。

「そんな字、ないよ」

誰かが言った。

「ある」

「ない」

「ある」

「ない」

「デンマークにはある」

「アメリカにはない」

ビヨルンはデンマークから来たのだ。クラスには、いろいろな国の子どもがいる。世界各国からここの大学にやってきた研究者やら学生やらの子どもである。日本から来ている人間はとても少なくて、わたしはたいがい中国人にまちがえられた。

ビヨルンのお父さんはよく日に焼けていて、長い巻き毛の髭を顔いっぱいにはやしていた。ビヨルンは色が真っ白で手足は細くて、お父さんとはまったく似ていなかった。

「でも大きくなったらぼくにも髭がはえるんだ」

ビヨルンは自慢した。アメリカの大人の男にはお父さんほどの立派な髭ははえないのだということも、ことあるごとに自慢するのだった。

「どこの国の男の髭がいちばん立派なの？」

と聞いたら、ビヨルンは間髪を入れず、

「デンマーク人」

と答えた。ところが、学期の途中から入学してきたインド人のラヴィのお父さんの髭もとても立派で、おまけにラヴィのお父さんはターバンまでしているのだ。

「だけどラヴィのお父さんの髭は、黒一色だ」

ビヨルンは言い張った。たしかにビヨルンのお父さんの髭は、茶色の中に濃淡があったし、白い髭もまじっていた。

「うちのお父さんは、髭もすごいけど、眉がつながってるのも、すごいんだ」

ラヴィは誇らしげに言った。それでもう、ビヨルンは黙るしかなかった。

ビヨルンとラヴィは友だちになった。ラヴィのお父さんの髭をさわらせてもらったのだと、ビヨルンは嬉しそうに教えてくれた。それから、インド人は携帯便器とヤギ一匹をいつも持っているのだということも。

「ラヴィの家にもヤギがいるの？」

と聞いたら、ビヨルンは首を横にふった。携帯便器がどんなものなのだかということも聞いたのだけれど、ビヨルンは答えられなかった。へんなの、と言うと、ビヨルンはくやしそうにした。いつもうちに遊びに来る日本人留学生のウリノさんにヤギと携帯便器のことを言ったら、それはきっとガンディーのことだと教えてくれたけれど、そのインド人のことはビヨルンは知らなかった。カリフォルニアに来る前、日本にいるころ、体にいいというので、ときどきわたしは近所のヤギの乳を飲まされた。突進してくるので、ヤギはとても怖かった。


父は砂漠が大好きだった。

日本では高価でとても手に入らなかった車を、中古とはいえ当時の日本で売っていた車にくらべてたいへんな安値で手に入れてからは、月に一回は週末に小旅行をするようになった。


たいがい、砂漠に行くのである。

何時間も車で走ったすえ、砂漠のモーテルに入る。運転を交代するために、ウリノさんが同行することも多かった。ウリノさんは砂漠にはさして興味がなかったようなのだけれど、母のことが好きだったので、誘われると喜んでついてきた。

「ぼくはきみのマミーが好きなんだよ」

とウリノさんはしょっちゅう言っていた。

「好きなら、結婚するの？」

聞くと、ウリノさんは首をふり、

「いいや、きみのダディーがもうマミーと結婚しちゃってるからね」

と答えた。子どもだましなことを言っているのだとわかったので、次にまたウリノさんが「ぼくはきみのマミーが」と始めた時には、きっぱりと無視した。けれど観察しているうちに、ウリノさんはほんとうに母のことが好きであるらしく思われてきた。母はいつも高飛車に、ウリノさんを使い走りとして扱った。用を言いつけられると、ウリノさんは目をぎょろぎょろさせ、喜んでいる動物のように動作が機敏になった。


砂漠のモーテルはたいがいすいていた。ダブルベッドの部屋に、父と母とわたしの三人で泊まった。ウリノさんの部屋に一度入ってみたことがあった。同じ広さのダブルベッドの部屋で、ウリノさんはベッドの隅に丸くなっていた。ベッドカヴァーはほとんど乱れておらず、ウリノさんがもぐりこんでいる隅の部分だけ、しわがよっていた。

ウリノさんは運転が凶暴で、うしろの座席に座っているわたしと母は、スプリングの悪いクッションの上でしょっちゅうぴょんと跳ね上がった。砂漠では行き交う車もほとんどなかったので、いくら凶暴な運転をしても大丈夫だった。

砂漠で迷ったことがある。いくら走ってもどこにも着かない。夕方になり、ようやく一台の車とすれちがったので、気が狂ったようにクラクションを鳴らし、呼び止めた。停まった車の運転席から、老いた男が降りてきた。ウリノさんと父が道を訊ねた。男は親切に説明してくれたが、訛りの強い英語を、父もウリノさんも理解することができなかった。いつまでたっても埒があかないので、母が出ていった。男は母をじろじろ見てから、ウインクをした。そして、普通の英語で次の町までの行き方を説明した。

「きみのマミーはすごいね」

ウリノさんは町までの道すがら、ずっと繰り返した。ウリノさんはその二年後に、日本に戻ってから全日空のスチュワーデスと結婚した。スチュワーデスのお嫁さんは、まつげがやたらに長くて、小さな帽子をかぶっていた。家の中でもかぶり続けていた。父は、ウリノさんのお嫁さんに「帽子ちゃん」というあだ名をこっそりつけ、しばらく母と二人の冗談の中でしばしば「帽子ちゃん」に言及しては笑っていたが、数日で飽き、その後は帽子ちゃんの話題はいっさい出なくなった。

半世紀以上も前のこととて、男たちの女たちに対する態度は今の感覚でいえばハラスメントに満ちていた。けれど母はハラスメントを決して許さなかった。ウリノさんではない留学生の男が、酔っ払って母のお尻をさわったことがある。そのとたんに母は足をどんと踏みならし、なにすんのよっ、と怒鳴った。男はにやにやしていた。

留学生が帰ったあと、母はくだんの留学生を罵倒しつづけた。もともと、母のことを下にみるようなことを言ったり、わたしのパンツをのぞきこもうとしたり、母にむかって馬鹿にした調子で「ダーリン」と言ったりする男だった。

「あの男のこと、どうにかしてください。でないと、あたしは日本に帰ります」

母は父に宣言した。宣言した以上、母がその言葉を実行するのは確実だった。

結局その留学生は、数日後大きな蛸を提げて謝りにきた。申し訳ありません、失礼なことをいたしました、以後いっさいあのようなことがないようにいたします、どうぞこの蛸をおおさめください。

蛸はサクラメントの中華街の店で買ったもので、足が八本そろった大きなものだった。まだ茹でていない、今にも動きだしそうな蛸だった。留学生が帰ってから、母は塩で蛸全体をもんだ。それきり放っておくので、なぜかと聞いたら、母は「しーっ」とくちびるに指を当てた。

夜中、気配がした気がして目覚めると、家には父も母もいなくなっていた。びっくりして外に出たら、アパートメントの隣にあるランドリー小屋から二人の声が聞こえてくる。はだしのまま、小屋に走りこんだ。父と母が振り向いた。ものすごい形相である。二人が他人になってしまったのかと思い、びっくりして泣きそうになった。

小屋に入ってきたのがわたしだとわかったとたんに、二人の顔は父と母の顔に戻った。洗濯機がまわっていた。中には、蛸がいた。十五分ほどたって回転が止まると、二人はいそいで蛸をとりだし、洗剤を少し入れて蛸のまわっていた洗濯機を閉じ、コインを入れた。ただ中をすすぐためだけにまわした洗濯機がふたたび停止すると、父と母とわたしは、蛸を入れた袋を持って、いそいで家に帰った。翌日母が茹でた、洗濯機で揉んだ蛸は、たいへんにおいしかった。

「黒人」に会ったことがなかった。

ニューヨークには「黒人」がたくさんいると、同じアパートメンツの反対側の二階に住むベツが教えてくれた。ベツはわたしのいちばんの仲良しで、学校から帰ると一日じゅうベツと過ごした。自転車の補助輪をはずす練習もベツと一緒にした。ベツのお兄さんは、立ち漕ぎをしながらお尻をふるのが上手だった。補助輪がはずれてから、真似してお尻をふろうとしたが、ベツのお兄さんのようには、とうていうまくお尻をふることはできなかった。

ニューヨークで学会があるので一緒に行こうと、ある日父が言った。母は興奮した。メイドをしてためたお金で、コートを買った。帽子も。それから、手袋も。わたしにはテディベアを買ってくれた。ニューヨークで買えばいいのにと父が言ったら、母は真面目な顔で、

「ニューヨークは物価が高いの。サクラメントのメイシーズで充分」

と答え、家の中で着てみていた新しいコートの裾を、くるりと一回りしてひらめかせた。父が学会で発表とやらいうものをしている間、母とわたしはニューヨークを見物してまわった。エンパイヤステートビルにのぼったら、高すぎて気持ち悪くなった。テディベアをしっかり抱いて、吐き気をこらえた。クライスラービルは下から見あげただけだったので助かった。『シャレード』を見たいと母が言ったので、映画館にも行った。『シャレード』はやっていなくて、かわりに『アンシンカブル・モリー・ブラウン』という映画を上映していた。それでいいから見ましょう。母は決意したように言った。不沈のモリー・ブラウン。やたら笑い声のおきる映画だったことは覚えているが、もちろんその内容はまったく覚えていない。さきほどネットで調べたら、モリー・ブラウンは実在の女性で、タイタニック号が沈む時に最後までボートに乗ろうとせず、沈む直前に乗りうつったボートの上で、ボートに乗れず溺れている者たちを救助するよう指示したとある。女性参政権のために戦ったり、第一次大戦で傷病兵を助ける活動をおこなったりという高潔な女性なのに、なぜ映画ではコメディータッチで描かれていたのだろうか。

「あなたはアメリカ人と同じところで笑い声をたてるのに、あたしは遅れてしか笑えなかった」

映画館から出ると、母はくやしそうに言った。自由の女神のあるリバティー島までのフェリーに乗り、島に着いて渡った桟橋から、わたしはテディベアを海に落としてしまった。べアちゃんという名前をつけて、すでに一ヵ月以上毎日一緒に過ごしていたので、身も世もなく悲しかった。カリフォルニアに帰り、まだベアちゃんを落としたことを嘆いていたら、ある日ウリノさんがベアちゃんを持って訪ねてきた。

「海から救出したんだよ」

ウリノさんは優しく言い、ベアちゃんをわたしに抱かせた。ベアちゃん、溺れてた？　聞くと、ウリノさんはうなずき、

「危なかったけど、すんでのところで救助して人工呼吸をしたから、もうすっかり元気だよ」

と答えた。救助されたベアちゃんは、海に落ちる前のベアちゃんと顔つきがずいぶん違っていたけれど、海に落ちて人工呼吸をされるという大変なことがあったせいだろう。

ニューヨークから帰ると、「黒人」に会えたかとベツが聞いた。うん、と答えると、ベツはうらやましそうにした。ウリノさんは結婚五年めに「帽子ちゃん」と離婚し、以来ずっと独身を通した。日本でもときどきうちを訪ねてきて、母にあれこれ指示されては、目をぎょろぎょろさせて喜んでいた。

サブちゃんが恋をしたというので、父も母も応援に駆り出された。

サブちゃんは日本のさる企業の御曹司で、将来社長を継ぐための帝王教育の一環としてカ

リフォルニアに留学していたのだ。御曹司なのに、やたらに腰が軽くて気安かった。そのサブちゃんが、五つ年上のシングルマザーであるマリエさんに恋をしてしまったのだ。

マリエさんには八歳と六歳と四歳の娘がいた。御曹司のこととて、子持ちのシングルマザーと結婚したいと日本の親元に知らせたら、猛反対された。マリエさんがアメリカ人と結婚してその後離婚したという来歴も、反対に拍車をかけた。

夜になると、マリエさんとサブちゃんとマリエさんのところの三人の娘たちがうちにやってきて、大人たちは額を集めて何やらこそこそと相談し、子どもたちであるわたしたちはポーカーをして遊ぶのだった。

ポーカーチップは白と赤と青で、わたしたちは真剣にドローしたりコールしたりレイズしたりした。ポーカーフェイスのうまいのはわたしで、ワンペアしかないのにものすごい手を持っているふりで大きくレイズし、みんなをドロップさせた。でも、この手を使えるのは三回が限度だったので、もちろんちゃんとした手の時にさりげなくわずかのレイズを続けて場のチップの数をせりあげていったり、ツーペアくらいの時にはいっそのこといさぎよくパスしたりして、嘘が見抜かれないよう大いに工夫した。次にポーカーがうまかったのは四歳の末っ子だった。わたしと同い年の六歳の次女と長姉の八歳は、ポーカーなどに真剣に取り組むよりも、かっこいい服や音楽のことに夢中だったので、ゲームの最中もうわのそらだった。ことに八歳の長女は、マリエさんとサブちゃんの恋に興味津々だった。

サブちゃんは数ヵ月後に日本に連れ戻されることとなる。マリエさんとの恋は成就しなかったわけだ。サブちゃんがいつも日本から送ってもらっていた文藝春秋とサザエさんのマンガを、サブちゃんは連れ戻される少し前に、どっさりもってきてうちに置いていった。

「恋なんて、はかないわね」

サブちゃんが帰ってしまってからしばらくして会ったマリエさんのところの八歳の長女は、ものうげにつぶやいていた。

「はかないって、どういう意味？」

聞くと、

「すぐ終わっちゃうっていう意味」

長女は答えた。

「すぐ終わっちゃうなら、しなきゃいいのに」

と言うと、長女は、

「ふん、子どもね」

と軽蔑したように言った。


先月、二〇一九年の十二月、八歳だった長女と新宿で食事をした。長女は六十三歳、わたしは六十一歳になっている。恋は、やっぱりはかないの？　と聞いたら、わかんないわね、どうでもいいような気もするし、と長女は答えた。洗濯しすぎて中の綿が薄くなり、首のあたりはぐらぐらだけれど、今もわたしはベアちゃんを持っていると言ったら、そうそう、学校にもいつもベアちゃんを連れていってたよねあなたは、と長女は笑った。長女は今も英語に堪能で、通訳をしている。わたしはほぼすべての英語を忘れてしまい、こうして小説など書いている。記憶の中にあるアメリカでの英語のやりとりは、日本語に置き換えられているのだろうか、それともその部分だけは英語のまま保存されているのだろうか、あるいは言葉の意味というものは実は言語ではない何かのかたちで脳に記憶されているのだろうか。ヤンさんは今もカリフォルニアに住んでいて、ジイミンのマミーは台湾に帰ってしまってから五年後に、カリフォルニアに戻ってきたそうだ。あの人の身につけてる宝石、ほんとに質がいいのよね。長女は、うらやましそうにつぶやくのだった。

遠ざかる馬のうしろ姿

マリエさんのところの三人姉妹の長姉の名前は、アンである。

新宿で飲んだ時に、アンからは、こんな話も聞いたのだ。

「去年の暮」

と、アンは始めた。

「静かに、って、ルリがくちびるにひとさし指を当てたの。音を聞こうとして」

ルリは、アンのすぐ下の妹である。その次の妹は、ニナ。杏と瑠璃と仁奈という漢字はあるが、名をよぶ時はいつもアルファベットを思いうかべる。

「音？」

聞くと、アンはうなずいた。

「うん、音。少し前から音が近づいているのは、知っていたんだ。でもその音が、大きな馬のひづめの音だとは気がつかなかったのよね」

「馬」

驚いて聞き返すと、アンはグラスを卓に置き、両肘をつき、「お話」の態勢に入った。その時のアンが語った話を、ここに書いてみようか。


「あれは、何？」

アンが聞くと、ルリはアンの顔を不思議そうに見返したのだという。

「何って、馬」

「うん、まあ、馬だけど」

栗毛のつややかな馬だった。道路の中央車線を、並足で進んでゆく。前後の車は、馬の半径数十メートルの中に入らないよう、加減してスピードをあげたりさげたりしつつ、馬の周りに空間をつくっている。

「でも、どうして、馬？」

ルリはアンのその言葉には、答えなかった。ただ笑い、すでにその立派な尻と機能的な後肢とふさふさしたしっぽしか見えなくなっている馬の、遠ざかってゆくうしろ姿をじっと見つめていた。

みまわすと、まわりの人たちも、じっと馬を見送っている。

何かの儀式なのだろうか。ルリと別れてから、電車の中でアンはネットを調べてみたけど、馬についてては何もニュースになっていなかった。

「馬」

という言葉で検索もかけたけれど、こちらにもめざましいことは載っていなかった。奇蹄目。染色体は三十二対。攻撃する時にはうしろ蹴りをする。などなど。

あの時、また、飛んでしまったんだと思う。

そう、アンは言ったのだった。

それまでにアンが飛んだことは、三回あったそうだ。もしかするとそれ以外にも気がつかないうちに飛んでしまっていたかもしれない。でも、勘定をはじめるといたたまれないような気持ちになるので、考えないことにしていたという。

最初に飛んだのは、小学校五年生の時だった。

その時は、アンの母親であるマリエさんの実家、つまりアンの祖父母の家に遊びにいっていたのだ。マリエさんとアンたち三姉妹は、マリエさんがアメリカ人の夫と離婚したあとも数年間はカリフォルニアに住んでいたのだけれど、その後東京に戻ってきていた。

アンも、妹のルリも、下の妹のニナも、日本の子たちにくらべて背も高いし顔も大人っぽかったから、編入した日本の小学校では同級生から遠巻きにされていたし、先生からも目をつけられていた。

最初に先生に叱られたのは、転入したその日だった。アンとルリは、おしゃれが大好きで、小学生だったけれど、二人はすでに耳にピアスの穴をあけていた。アンは銀の、ルリはピンクのお気に入りのピアスを、転入したその日にもしていった。そうしたら、マリエさんに連れられて職員室に入ったとたんに、先生たちがぎょっとしたのがわかった。校長先生は、ネクタイをきちっとしめた男の先生だった。

「すぐにはずしなさい」

そう言われたけれど、ルリもアンも、きょとんとしていた。何をはずすのか、全然わからなかったからだ。かわりに、いちばん下の妹のニナが、あわてて眼鏡をはずした。

「日本では、先生たちの meeting room に入る時には、眼鏡をかけちゃだめなんですね」

と、ニナは、はきはき言った。校長先生は、一瞬あっけにとられていたけれど、すぐにアンとルリだけを見て、

「イヤリングをはずしなさい」

と、言いなおした。アンは、ただの earring じゃなくて pierced earring です、と言おうかと思ったけど、やめておいた。やめておいて、よかったのだ。アンとルリがぽかんとしていたので、先生は何回も、イヤリングをはずせ、と繰り返しはじめたからだ。しまいには怒鳴り声をたてたので、マリエさんがあわててアンたちのうしろにまわって、ピアスをはずしたのだった。

「あたしが悪かったのよ」

その時のいきさつを祖母に話しながら、マリエさんはそう言った。

「日本の学校が因循なこと、忘れてたわ」

「インジュンって、何？」

ニナが聞いた。ニナは、痛そうでこわいからと、ピアスの穴はあけていなかった。ピアスよりニナの自慢は、ふちの黒い眼鏡だった。博士みたいに見えるのが、嬉しいと言っていた。


学校にはピアスをしてゆかなくなったけれど、家に帰るやいなや、アンもルリも姉妹の共有の小さな鏡のコーナーまで走ってゆき、小箱からピアスを取りだして、耳につけたものだった。祖父母の家に行った時は、二人でおそろいの金色のハートのピアスをしていた。父親が、前の年のクリスマスにアメリカから送ってくれたものである。

「因循は、古くさい、っていうこと」

「ピアスだって、古くからあるものなのに」

ルリは、頭をふりたてながら、言った。

「日本人はね、身体髪膚之《しんたいはっぷこれ》を父母に受く、敢《あえ》て毀傷《きしょう》せざるは孝《こう》の始《はじめ》なり、なのですよ」

祖母が、お茶を運んできながらそう言ったので、ニナは目を丸くした。

「シンタイハップ？」

「親からもらった体に、傷をつけないのが親孝行ですよ、っていうことよ」

マリエさんが、投げやりな様子で説明した。カリフォルニアに住んでいたころは、日本語を喋っていても、なんだかアメリカ人みたいだったマリエさんなのに、祖母と喋っていると、いかにも日本人らしく感じられることに、アンは少し驚いていた。

「ピアスの穴をあけることが、体に傷をつけることなの?」

ルリは不思議そうに聞いた。

「すっごいcoolなのに」

ルリは続けて、そう言った。coolと発音する時、ルリの顔は日本の子どもの顔ではなくなった。

お昼ごはんを、みんなで食べた。祖母とマリエさんが作ったお稲荷さんと、冷や麦だった。赤と緑の冷や麦をどちらが食べるかで、ルリとニナが争った。午後はみんなでポーカーをした。アメリカではアンもルリもポーカーなどほとんどしなかったのに、姉妹三人でじっくりと勝負をおこなった。ことにルリが、勝ち負けにこだわった。なんだかへんだなと思っているうちに夕方になり、帰る時間が近づいた。

飛んだのが、いつだったかは、正確にはわからない。自分の家と違う匂いのする玄関で靴をはいてからアンが上を見上げると、ルリの耳からハートのピアスが消えていた。ピアスの穴も、なかった。

「ピアス」

アンはつぶやいたが、誰も聞いていなかった。自分の耳たぶをそっとさわったけれど、そこにもピアスはなかったし、穴もなくなっていた。

それまでいたところとは違う場所に飛んでしまったことが、なんとはなしに、アンにはわかったのだという。


二十歳から三十歳の間にまた一回、元夫と離婚した少しあとにも一回、アンは飛んだ。飛んだことを、誰かに喋るのは、これが初めてだと、アンは言った。あなたなら、驚いたりしないと思って。それにまあ、ほんとうに飛んでいるのかを確かめることもできないのだから、自分がただ思いこんでいるだけという可能性も高いしね、と続けながら。

「二十歳から三十歳の間に飛んだ、という言いかたは、かなりあいまいだと思う。でも、そうとしか言いようがない。いつ飛んだのか、はっきりとはわからないから。ただ、二回目がその十年間のどこかなことは、たしかだと思う」

と、アンの話はつづいた。

二十歳過ぎたころ、スリーマイル島原子力発電所の事故のことを、夜子《よるこ》がアンへの手紙に書いてきたのだそうだ。夜子はカリフォルニアに住んでいた時のアンの友だちである。わたしは会ったことがないはずだと、アンは言う。夜子たち家族は、わたしの家族が日本に帰ってから、入れかわりでアメリカに来たのだ。

夜子の父親も、わたしの父と同じく、カリフォルニア大学のオーバードクターだった。

「あなたたちがアメリカにいたのは三年間だったけれど、夜子の家族は五年間アメリカにいたの。だから、あたしたち姉妹と母が日本に戻ってきたあとも、夜子は何年かアメリカにいたっていうわけ」

アンは言った。

日本に帰国したあと、夜子は日本の学校になじまなかった。アンたち姉妹も、むろんなじまなかったけど、三人姉妹だったから、少しは心強かった。けれど夜子は一人っ子で頼る仲間もなく、クラスの子たちにずいぶんいじめられたようだった。アメリカからの帰国子女は、日本語英語の発音が、最初はできない。英語の単語が日本語の喋り言葉の中にあらわれると、日本式の発音ではなく、急に英語の発音に戻ってしまう。

「あれをすると、日本の子たちって、自分たちがばかにされているって感じるらしいのよね」

アンは、顔をしかめながら、つぶやいた。

高校まではどうにかがんばったけれど、もう日本はいやだと言って、夜子はペンシルバニア州の大学に入学した。大学のあるピッツバーグは、スリーマイル島原子力発電所のごくごく近くというわけではないけど、遠くもない場所にある。

「家畜が死んでいるという噂があります。でも、ラジオやテレビでは何も報道していないので、たいしたことじゃないと思う」

夜子からアンにきた手紙には、そうあった。夜子はその後、ペンシルバニアの大学を卒業してふたたび日本に戻り、通訳と工業翻訳の仕事をおこなうことになるが、それは夜子とアンが手紙を交わしていた時から、十数年後くらいのことである。

夜子が大学に通っていた時に起こったスリーマイル島原発の事故の様子は、日本の新聞でも大きく報道された。無機的な角ばった建物がぽつんと二つ置かれたようなその全容の写真を、アンはぼんやり眺めた記憶があるという。ふだん、夜子の手紙には、おもに恋愛のことが書いてあった。そのころ十五歳年上のピッツバーグ生まれのアイルランド系の男性とつきあっていた夜子は、男性の離婚訴訟がうまくゆかないことにいらだっていた。

「彼の人生は、いつも不幸なめぐりあわせにあるのです。まず、妻と結婚してしまったことが、よくなかった。といっても、妻はごくまっとうな人間です。ただ、結婚すべきではなかった二人が結婚してしまったというそのことが、不運なことだったのです」

夜子は、そんなふうに書いてきたそうだ。

「なんだかどこかで見たことがあるような文章だと思ったりしたんだけどさ」

アンは、笑った。

どんな返事を書いていいのかアンは悩み、近所で見かけるまっ白い服をいつも着ている老人のことや、潜水夫が出した声を聞いたらいやにぼわぼわしていたのだけれど、それは送気する空気の中にヘリウムが混じっているため音の波長が短くなるからだということや、動物園でマカロニペンギンを見てきたことなどを書いて返した。夜子は、だんだん手紙をくれなくなった。

飛んだかもしれないとアンが思ったのは、スリーマイル島原子炉の事故から十年近くたった、三十歳になる直前のころだったそうだ。「昭和を振り返る」という特集記事がグラフ誌に載っており、その中の一枚の写真を見た時に、気がついたのだという。

アンの記憶の中では、四角い建物が二つぽつんとあっただけだったはずのスリーマイル島原発に、突然ろくろで鉢をかたちづくっているその途中のような形の白い巨大なオブジェが、四つ加わっていた。見間違いかと思って、アンはキャプションや添えられた記事を何回も読み直したけど、やはりそれは、スリーマイル島原発の全貌以外のなにものでもないと記事にははっきりとあった。事故の直後に新聞で見たと記憶している四角い建物のスリーマイル原発の写真を見直そうと、すぐに図書館に行った。そして、事故後の数ヵ月の新聞の縮刷版を、じっくり読んでいった。

どの写真にも、白い巨大なろくろ的オブジェがうつっていた。事故の経過も、記憶の中の事故よりも深刻なものに感じられた。メルトダウン、という言葉は、当時アンが読んだ新聞には、書かれていなかった。でも、それも事故当座ははっきり書かれていなかっただけで、後日検証されたことがきちんと報道されただけのことかもしれない。そしてアンは、その検証を読み飛ばしていただけなのかもしれなかった。

「だけどね、『飛んだ』、っていう実感が、あたしには確かにあったの」

アンは、静かに言った。

夜子は日本に帰ってきてからも、アンとはほとんど連絡をとらなかったが、十年くらい前から、アンと夜子は再び行き来するようになった。夜子は過去に二回結婚をして、数限りなく恋をしてきた。それがある日突然、

「なぜ私、恋愛なんてものを、あんなに熱心にしたんだろう」

と言いだし、アンと再び会うようになったのは、それ以来だそうだ。

夜子とアンとは、夜子の希望で、公民館で会うそうだ。夜子はおむすびを、アンはサンドイッチを、いつも持ってゆく。小さな魔法瓶に、夜子は玄米茶を、アンはコーヒーを淹れていく。分け合うことはない。レストランで何かをシェアするのが嫌いだというのが、二人の共通点なのだ。ものをプレゼントしあうことも、共に嫌い。

「それなのに、昔の恋人の誕生日には、いつもサプライズのプレゼントやアトラクションを考えに考えてたのよね、私ったら」

と、夜子はいつも自分を嗤うのだという。

「スリーマイル島原子炉の事故のこと、覚えてる?」

ある時アンが聞くと、夜子は大きくうなずいたそうだ。

「忘れるわけない。あのころは、あなたへの手紙にも、事故のことばっかり書いていた覚えがあるよ」

夜子は、そう答えた。

アンの記憶では、夜子の手紙にスリーマイル島原子炉のことが書いてあったのは、一回だけ、それも、たったの数行ほどだったのに。

「飛ぶ前の世界の夜子は、今はどこにいるのかなって思う。もしかすると、その夜子は、今もたくさん恋をしていて、プレゼントしあうことや、時間やものをシェアすることに、あいかわらず精をだしてるかもしれないよね」

そう言って、アンは肩をすくめた。


飛びたい、と思ったことは、何回かある、と、アンは言う。

「元夫との離婚がなかなか成立しなかった十年の間が、いちばん多かったかな」

と。

「夜子の手紙のあの文章を、ときおり思いだす十年間でもあったよ」

とも。夜子の書いた、あの文章。

「妻はごくまっとうな人間です。ただ、結婚すべきではなかった二人が結婚してしまったというそのことが、不運なことだったのです」

「妻」を、「あたしの夫」に入れ替えてみれば、これはまた、自分自身の心もちにそっくりで、笑いだしたい気持ちになったものよ、とアンは語った。こんな、どこかの言葉たくみな人間が喋るような定型の文章に、自分がやすやすと当てはまってしまう、その適当な感じに、笑いだしたくなってしまうの、と。

ずっと別居がつづき、子どもはいなかったので、すでに夫婦という契約はまったく必要なくなっていたはずなのに、アンの元夫はどうしても離婚届にサインをしなかったのだ。

「あれは、どういうものだったんだろうね。嘆き、とか、自尊心、とか、執着、とかいう心もちは、最初のころは多少あったかもしれないけど、十年もたてば風化してしまったはずだと思うんだけどね」

時間が流れてゆくうちに、きっかけや節目というものを見つけられなくなってしまったことと、多少の意地悪ごころ、それが元夫の正直な心根だったのだろうと、アンは言う。意地悪、といっても、アンに対する意地悪ではない。運命、だの、縁、だのとよばれる、外の世界からやってくる否応ない変化への圧力に対する、意地悪だったのだ、と。

すでに関係はとぎれているのに、契約だけが残っているということがだるくて、アンは飛びたく思ったのだそうだ。けれど、この期間にアンが飛んだことは、なかった。

「今になってみると、なるほど、って思いもするよ。たぶんあたしはあの期間、『生きている』っていうことを、毎日意識していたのね。それは決して楽しいことではなかったよ。でも、存外苦しいことでもなかった。口の中にできた口内炎を、無意識に舌先でふれてしまうように、元夫との関係について、薄くではあるけれど、考えつづける日々だったんだよね」

ようやく離婚届に印を押すと、それから一年もたたないうちにアンの元夫は再婚した。相手は、三十歳年下の女性だった。

「やるもんだねー」

アンが元夫の再婚を報告すると、夜子はそう言って笑ったそうだ。

「やるもんだよー」

アンも笑い、それから二人で焼き鳥をたくさん食べた。

アンの元夫は、新しい家族との写真を、その後も毎年お正月にアンに送ってくる。再婚一年目に子どもが生まれ、三年目にはもう一人生まれた。写真入りの年賀状は、ふつうの年賀状よりも厚くて、年賀状のお年玉の番号を見る時に、とてもめくりにくいと、アンはこぼす。

三度目にアンが飛んだのは、元夫と離婚したその少し後、二〇一一年の三月だった。さらに正確にいうなら、東京にかなりたくさんの雪が降った三月七日から、三月九日までのあいだの、どこかである。

「雪が降っただけじゃなく、三月の七日の夜には、ほんとうは北海道沖で大きな地震があったはずなの」

アンは言った。「ほんとうは」という言葉に少しとまどったが、アンは話をつづけた。東京ではさほど揺れなかったが、北海道沖の地震はマグニチュード7を超えていた記憶がある、と、アンは表現した。ここでも、「記憶がある」という言葉に、少しとまどった。

その日、三月七日の午後六時に、アンは仕事関係の知人と、神楽坂の和食のお店で待ち合わせていた。予約のしにくい店だったので、前々からすごく楽しみにしていたという。

美しい八寸や、きれいにうろこの立った甘鯛の焼き物を、アンたちはゆっくりと楽しんだ。甘さをおさえたぜんざいが最後に出て、食べ終えてから知人がお手洗いに立った。

燗酒をアンは二本飲み、体があたたまっていた。飽食の後の、ぜいたくなもの悲しさを、この先何回経験できるかと考えながら、アンはぜんざいの入っていた器を眺めるともなく眺めていた。ぐらり、と揺れを感じた。激しい揺れとはいえなかったが、長かった。どこかで大きな地震になっていないといいけれど。阪神のことを思いだしながら、アンは思った。

やがて知人が席に戻り、アンもお手洗いに行った。洗面台が水びたしだったので、そなえつけの紙タオルで拭きとった。知人が水を撥ねかしたのか、それともその前のだれかが撥ねかしたのか――そういえば奥の座敷からもれ聞こえてくる男の声にいやに艶があるな――この前十何年ぶりかに文楽に行ったら太夫の言葉が電光掲示されていて驚いたっけ――アルタの電光掲示板の下で誰かと待ち合わせたことは一回もないけどハチ公前ならばしばしばある――と、ほろ酔いの時特有のとりとめもない数珠つなぎ連想をアンがしているうちにも、洗面台はきれいに拭きあげられていた。

支払いをして外に出ると、夕方にやんだ雪が凍っていた。知人は、傘の先で溶け残った雪をつついた。

これ、今年はじめての雪だっけ？　と、知人は、確かめるようにアンに聞いた。アンはうなずいた。マンションの共用道路の雪かきをしなければならないので、よくおぼえていたのだ。あ、雪だるま。知人は嬉しそうにアンに言った。知人はもっと若いころ、雪が降るといつも夜中歩きまわって、雪だるまの写真を撮るのが好きだった。同じ雪だるまでも、頭と胴の雪玉のバランスは、作り手によってさまざまなのだそうだ。どんな大きさにするのか。腕はつけるのか。顔は。頭に帽子をのせるのか。無数の流儀があり、知人はいつか雪だるまの写真展を開きたいと、つねづねアンに言っていた。

今も雪だるまの写真を撮っているかとアンが聞くと、知人は首をふった。飽きたのだと、少しばかり投げやりなくちぶりで知人はつぶやいた。

駅で知人と別れ、アンは電車に乗った。マンションまでの道は夕刻よりもっと凍っていた。住宅街に入ると、歩道の雪かきをしてある部分としていない部分がまだらになった。酔いはほとんど醒めていたはずだが、アンは片寄せて積みあがっている雪の中に足をつっこんでしまった。

翌々日、三月九日の昼ごろ、また三陸沖で大きな地震があった。おとといも北海道で大きな地震がありましたよねと、回覧板をまわしに行ったマンションの隣の家の夫人にアンが言うと、きょとんとされた。ニュースに関心のない人なのかもしれないと、その時は気にしなかった。午後、二日前に一緒に食事をした知人と仕事のことで電話をし、おとといの食事がおいしかったことなども喋り、ついでにあの夜の北海道の地震のことを言ってみたが、反応ははかばかしくなかった。

雪だるまの写真、また見たいな、とアンが言ってみても、反応ははかばかしくない。なにそれ？　と、不審げである。

昔撮ってたよね、雪だるま。おとといの帰り道では、もう飽きたって言ってたけど。

アンが遠慮がちに言うと、知人は、は？　と返し、少しのあいだ黙った。

そのあたりで、もしかしたらまた飛んでしまったのかもしれないと、アンは思っていた。電話を切ってからアンは図書館に行き、過去二週間分の新聞を読んだ。三月七日の北海道の地震のことは、どの新聞にも載っていなかった。飛んだのだとしたら、アンだけが記憶している北海道の三月七日の大地震から、現在だとアンが認識している三月九日のあいだの、どこか、ということになる。

ついでに、二〇一一年になってから東京に何回雪が降ったかも、アンは調べてみた。一月に一回、二月に四回、そして一昨日の三月七日に、みぞれや雪が降っていた。アンの記憶では、その年はじめて雪が降ったのは、二日前の三月七日だったにもかかわらず。

「飛ぶ前にいたところでも、飛んだあとの場所でも、三月七日には雪が降ったのよね。それがどうっていうことじゃないんだけど」

アンは、静かに言った。

三月十一日の東日本大震災が起こるのは、さらにその二日後だ。アンの元夫はその時、三十歳年下の再婚相手との婚前旅行の最中だったと、のちにアンは知ることとなる。行先は北海道だった。たっぷり休みをとり、三月五日から十二日までの予定でレンタカーで北海道をまわっていたという。震源からは少し距離があったが、東京に帰ってくるのは大変だったと、伝え聞いた。

飛ぶ前の世界の元夫とその恋人も、北海道に旅をしていたのだろうか。飛ぶ前の世界では、三月七日に北海道沖でマグニチュード7の地震があったのだから、元夫と再婚相手は、もしかするとその地震に遭遇していた可能性もあったのではないかと、時おりアンは考えてしまうという。

「考えながら、あたし、元夫に対してまだ昏い感情を持っていることを知るの。そういう自分が、うとましい。このうとましさに向き合う必要はないって思い決めて、感情の中のその部分のスイッチは、すぐに切っちゃうけどね。でもね。スイッチはゆるくて、ときおり何もしないのに押されて、かすかな灯りがともるの。それで、かゆいところのその先っぽにだけしか指先が届かないような、いらだたしい心もちになるの」

アンはそう言い、そこで話は終わったのかと思っていたのだけれど、さらにアンの話はつづいたのだった。


「今年はじめに、手術をしたのよ。実は。最初に話した、馬を見た日の翌々日に、入院したの。腫瘍ができているっていう診断で。開腹してかなり大がかりな手術をすることになったんだけど、全然実感がなかった。だって、自覚症状は、ほとんどなかったし。二年生存率とか、予後とか、QOLとか、いろいろ担当医は説明してくれたけど、なぜあたしが病気になったのかって、びっくりしているばかりだった。怖かったわよ。生存率は、かなり低いみたいだったし。でもそれより、あちゃあ、っていう感じの方が強かった。馬を見たのは、入院にあたってのあれこれについて、医師からの説明を受けた日。説明が終わったらおいしいランチを食べに行こうってルリと決めて、説明の場にも立ち会ってもらったの。アメリカで結婚してるニナは、手術の日に帰国してくれる予定になってた」

アンのその言葉に、わたしは何と言っていいのかわからず、そうなんだ、とだけ答えた。アンが入院したことも知らなかったし、むろん、生存率の低い種類の癌だったことも知らなかった。

手術はかなり長い時間かかるはずだったと、アンは言った。難しい場所にある臓器を摘出するためである。七時間以上かかるのだから、ずっと病院につめているのは大変なのではないかと、アンがルリに聞くと、ルリは気軽な口調で、一回家に帰ってから、また戻ってくる、と答えたそうだ。有給もとったし、端末を持ちこんで好きなドラマでも見てればいいよ、とも。

さもなんでもないことのように、ルリとアンは軽く会話をかわした。泣いたり湿った言葉を口にしたりすることを、アンがいやがることを、ルリはよく知っていた。一瞬、アンは甘えたいような気持ちになり、――あたし、今大変なことになっちゃってるじゃん――とかなんとか口にしそうになったが、思いとどまった。同時に、こんな切羽詰まった時なのに、ランチをおいしく感じる自分を、ぼんやりと怪しんでいた。

馬を見たのは、ランチのあと、ルリと二人で駅に向かう途中だった。でもまだその時は、馬を見たという異様さを、アンはあまりはっきりとは認識していなかった。自分の病気の方に気をとられていたのである。

手術の日は、よく晴れていた。アンが麻酔から覚めると、看護師さんは、おつかれさま、と言った。アンは、どうもありがとうございます、と答えようとしたが、口がまわらず、ども、としか言えなかった。一時間ほど集中治療室にいて、そのあとアンは病室に戻った。

無事でよかったねえ、というのが、ルリの言葉で、アン、しばらく会わないうちに年とったね、というのが、空港から直行したニナの言葉だった。

二人とも、いやに平然としているようにアンには感じられた。もしかすると手術の結果が予想よりさらにはかばかしくなくて、せいいっぱい冷静にふるまっているのかもしれないと思って、ひやりとした。

摘出した臓器を見たか、見たとしたらどんな様子だったか、とアンが聞くと、二人はぎょっとした顔になった。

何言ってるの、アン！　へんなこと言わないで！　と、二人は声をそろえた。臓器摘出だなんて、そんな大がかりな手術じゃなかったでしょ、とルリが言った時には、むろん妙だと思った。けれど、その時はアンは黙っていた。手術疲れが残っており、言い返す気力は、まだなかった。

実際に開腹手術はおこなわれなかったという確証をアンが得るのは、次の日の午後である。すでにアンは容易に歩けるようになっていた。もちろん、腹に開腹の縫い跡もなかった。いやに回復が早いとは感じていたけれど、その午後に医師からの説明を聞いて、ほんとうに驚いた。

アンが受けたのは、内視鏡による良性腫瘍切除手術だったというのだ。そんな話は聞いていなかったはずなのにと、アンは横に座っているルリの顔をちらりと見たが、ごく落ち着いた表情だった。手術についての説明を一緒に聞いたはずなのだから、アンと同じように驚いてもいいはずなのに。

あの、とアンは言いかけて、やめた。

おそらく、馬を見たあたりで、飛んでいたのだ。飛ぶ前にいたところのアンは、開腹手術の必要な悪性腫瘍を体内に蔵し、たとえ手術をしても予後ははかばかしくない可能性が高かったけれど、飛んだあとのここにいるアンは、良性腫瘍を除去するというだけの症状だった。

飛んだことによって、アンの運命が直截的に変わったのは、初めてのことだった。もちろん今までだって、知らないうちに運命が変わっていたという可能性はある。でも、ここまではっきりしているのは、初めてだった。

手術前の医師の説明を自身でメモをしたものや、医師の書いてくれた図などを、アンはクリアファイルにまとめてあったので、病室に帰ってからこっそりと見返してみた。「悪性腫瘍」という言葉はそこには書かれていなかった。摘出するはずだった臓器についての図も、なくなっていた。

飛ぶ前の自分は、今もそこにいて、臓器を摘出されたのだろうかと、面会時間が終わったあとのベッドで、アンはしんと思ったのだという。その自分はそこでやがて死んでいったのだろうか。よきＱＯＬを保てていたのだろうか。あちゃあ、と思って手術にのぞみ、その後はどんなふうに感情が動いていったのだろうか。

自分自身のことのはずなのに、まったくわからないの。アンはそうしめくくり、長い話を終えたのだった。

「馬って、サラブレッドだった？」

わたしが聞くと、アンは少し考えてから、

「たぶん」

と答えた。

「ねえ、馬が車道を走るのって、よくあることだと思う？」

反対にアンに聞かれ、はたと考えこんだ。そういうことが、よくあるような気もしたし、どこからか馬が逃げ出したというのでもなければ、ありえないことのような気もした。

いくつかの自分がそれぞれいくつかの場所にいる、ということを想像をしてみつつ、ウイスキーのショットグラスを傾けてみる。ガラスに光が反射し、にぶく光っている。

あまり遅くならないうちに二軒目に入ったバーを出て、アンと別れた。新宿の街はとりとめがなくて、アンのうしろ姿は、誰かのうしろ姿に混じってすぐに見えなくなった。

あれから今まで一回もマニキュアをしたことがない

おれさ、と、カズは始めた。おれさ、またふられたんですよ。

言っている内容はしょぼくれているのに、くちぶりがいやに颯爽としていた。本人の様子も、なかなかの男ぶりだった。

カズとは、二〇〇三年に、代々木上原の駅のホームでばったり再会したのだ。カズは、カリフォルニア時代、わたしが幼稚園に入る前から小学校一年生になるまでのご近所さんだった。日本に戻ってからは、二〇〇三年に再会したその時まで、会う機会はなかった。だから、成長した姿で出会っても本来ならば互いのことをわかろうはずもなかったのだが、カズは少し名の知れた作詞家となっており、顔写真を見る機会が何回かあったので、わたしの方から声をかけたのだ。

「あらま、何年ぶり？　三十年ぶりとか？」

と、カズは早口で言った。三十年じゃなくて、四十年。サバ読んじゃだめだよ。わたしが答えると、カズは笑った。笑い顔が、幼稚園の時と同じだった。

カズの父親は商社に勤めていた。再会した時から四十年さかのぼった時期、わたしとカズはカリフォルニアの、同じ敷地の中のアパートメントに住んでいたのだが、研究者がほとんどだったそのアパートメンツに、カズのところのような商社勤めの日本人は珍しかった。

同じアパートメンツの日本人研究者や留学生たちは、頻繁に行き来し、麻雀卓を囲み、テニスをし、週末には車何台かを駆って共にドライブに出向き、安いモーテルに泊まり、アメリカ人たちにまじって観光地を経めぐったりしていたが、カズのところの父親も母親も、アパートメンツの日本人とは交わろうとしなかった。

夕刻になるとカズの父親はスーツ姿で帰宅し、まだ明るいうちに夕飯をすませると、カズに日本語教育をほどこした。日本から送ってもらった小学校の教科書をテキストとし、国語だけでなく、算数や理科社会の教科書のすみずみまで、くまなく学ばせるのだ。

カズはまだ六歳だったが、すでに日本の小学校二年生の教科書まで進んでいた。幼稚園の園庭で「ワニのワリー」がデザインされたランチボックスをカズは開き、中からおむすびが二つ包まれた茶色いワックスペーパーの袋を取りだし、まずはワックスペーパーにひっついた米粒をていねいに一粒ずつ指でつまみ、口に運びながら、毎日のように父親の教育の過熱ぶりに対する愚痴をこぼすのだった。

商社勤めの日本人の子女は、日本人学校に通うのが通例なのだが、当時そのあたりには日本人学校がなかったのだ。わたしとカズの通っていた公立の幼稚園の子供たちは、おおかたはそのまま隣の敷地に建てられているこれも公立の小学校に入学する。

「公立の小学校はだめだって、おとうちゃまはいつも言うんだ」

カズは、不満そうに口をとがらせた。おむすびのなかみは、いつも梅干しとおかかだった。おとうちゃま、という呼びかたが面白くて、わたしも真似してつぶやいてみた。おとうちゃま、おかあちゃま、おばあちゃま、おじいちゃま、カズちゃま。

「やめて」

カズはいやそうにした。でも、カズちゃま、という響きが、わたしはしごく気に入ったので、それからはずっとカズのことはカズちゃまと呼んだ。

「おとうちゃま」がだめだと言うので、カズは小学校にあがる時に、わたしたちとは別れて私立の小学校に行くことになっていた。

「私立の小学校って、どこにあるの」

聞くと、カズは首をふり、

「車で送ってもらわなきゃならないくらい遠いとこ」

と答えた。当時カリフォルニアのその町にはビールより強いお酒を売っている店がなくて、研究者や留学生たちは、夜中お酒を飲みほしてしまうと、ほろ酔いの状態で車を飛ばし、ハイウェイのエントランスのすぐ前にある酒屋まで行き、シェリーをガロンで買っていた。

「シェリーは日本酒に一番よく似てるからね」

と、ウリノさんが教えてくれたので、知っていたのだ。日本酒はどんな味なのかとウリノさんに聞き返すと、きみはあんがいグラマーだねと、はぐらかされた。グラマー、という言葉は、留学生の間ではやっていた。後年日本でも「身体が豊満な女性」という意味で使われるようになったが、ウリノさんたちが使う場合、グラマーは「雰囲気のある成熟した女性」という意味であるようだった。幼稚園児に向かって「グラマー」と形容してみせたウリノさんは、おそらくウイットに富んだことを言っているつもりだったのだろうが、わたしは自分が「グランマ」と言われたと勘違いし、まだこんな小さいのにそこまでふけて見えるのだろうかと、胸をいためた。

カズが入学する予定の小学校は、ハイウェイをずっと遠くまで走ったところにあるのだ。行き帰りに酒屋に寄ることができるので便利かもしれないと、わたしは思った。けれど、カズの家では誰もお酒は飲まないのだった。

四十年ぶりに会ったカズは、すっかり酒飲みになっていた。ばったり再会したその日、わたしたちは代々木上原の居酒屋で飲んだのだ。

互いの四十年間のことを、ざっとうちあけあった。カズの話を要約すると、以下のようになる。カリフォルニアの次にカズの父親が赴任したのは、フランスのリヨンだった。教育に熱心な父親の指導のもとで、カズは英語と日本語とフランス語の読み書き会話に精通し、リヨンでは日本の中学校にあたる教育を受けたあと、大学進学資格であるバカロレアを取得する高校に進学した。成績がよかったので、二年飛び級をし、高校を卒業したのが十六歳。父親はその後シンガポールに赴任となったが、カズと母親は日本に戻り、カズは東京の都立高校に編入した。日本の高校になじめなかったので、日本に戻っているフランス時代の仲間とばかり遊んでいた。中の一人が小さな貿易会社を起業するというので、母親から十万円借りてカズも立ち上げに参加し、すぐにその会社が軌道に乗ったので、まだ高校生なのに月三十万円ほどの収入を得るようになった。ディスコテークに通うことを覚え、年上の女たちに可愛がられた。その一方で勉強は片手間ながら要領よく続け、東大に現役合格した。大学時代は遊びに遊びまくった。就職するのはばかばかしかったので、自分で小さな会社を作った。すでに属している貿易会社が扱っていたインテリア用品や食器ではなく、化粧品やアクセサリーを扱うことにした。これが大当たりで、一時は年収が千万を超えた。けれど好調の波は長くは続かず、会社はつぶれ、借金が残ったので、伝手をたどって作詞を始めた。会社を経営している時ほどではないが、そこそこの収入を得つづけ、今に至る。

「なんか、むっとする人生だね」

わたしが言うと、カズはうなずいた。

「自分で話してても、やな感じだね」

「友だち、少ないでしょ」

「知り合いは無数にいるけど、たしかに友だちは少ないかも」

「結婚は？」

「二回して、二回離婚した。そっちは？」

「一回して、一回離婚した」

「勝ったね」

「勝ち負けなの？」

　カズと喋るのは、なかなか楽しかった。繊細そうな様子の男なのに、かなり不躾で、けれど人の一番の弱みは突いてこない。

「元夫とは、なぜ離婚したの」

　カズが聞くので、

「たぶんカズちゃまが離婚したのと同じ理由だよ」

　と答えた。カズちゃま、という呼び方をすると嫌がるので、わたしは都合が悪くなるとそれ以降も「カズちゃま」を頻用した。

「性格の不一致？」

「そう、性格の不一致」

二人して、笑った。ひとくちに説明などできるわけのない離婚の理由、などということについて訊ねるからには、すでにカズはかなり酔っぱらっているに違いなかった。案の定カズはその夜わたしをホテルに誘った。行くわけないじゃん、カズちゃまなんかと。一蹴すると、抱きついてきた。せっかくのいい男なのに、こんなふうだから、きっとふられるのだ。

「こういう口説きかたで、カズのことを好きになってくれる女がいるの？」

聞くと、カズは目をしょぼしょぼさせ、

「たまに、いる」

と答えた。それから、

「ま、長続きしないけど」

と言い、

「おれ、結婚したいのよ。一人で家に帰るのがいやなんだ」

と、真顔になってつぶやき、タクシーをとめて、ぞぞぞ、という感じに座席になだれこんで、帰っていった。


一年に二回くらいカズと飲む、という時期が十年以上続き、やがてわたしもカズも数年すれば六十に届くという年回りとなってゆく。

「カズは、カリフォルニアにいた時、アンと会ったことはあったっけ」

アンはアメリカと日本を往き来する生活をずっと続けていたのだが、少し前に世田谷にマンションを買い、それからはずっと日本にとどまっていた。

「そろそろ里心がついたのかもしれない」

と、アンは言っていた。カズとは年に二回しか会わなかったが、日本に落ち着いたアンとは、ふた月に一度ほど、ランチを共にしたり、たまに夜遅くまで飲んだりしていたのだ。

「アン？　アンヌじゃなく？」

カズは聞き返した。

「アンヌじゃないよ。杏と瑠璃と仁奈の三姉妹の、長女。お父さんがアメリカ人、お母さんが日本人の。あの団地じゃなくて、少し離れた一軒家に住んでたから、知らないかもしれない」

「アンヌは、リヨンの同級生だな。アン、知らないわ。美人？」

「美人？　そこから聞くの？　失敬だねえ、カズちゃまは相変わらず」

「美人はおっかないから、用心のために聞いたの」

「アンはおっかなくないよ」

そんなやりとりがあり、わたしとアンとカズの三人で飲んだのは、二〇一五年あたりのことだったか。

アンとカズは、ちっとも話がはずまなかった。アンは根が真面目な質であることを、わたしは忘れていたのだ。カズのちゃらんぽらんで世の中を舐めた立ち居振る舞いは、明らかに

アンをいらいらさせていた。一方で、

「夏野さんは、どんな小説が好き？」

などとアンがカズに訊ねるので、わたしはどぎまぎした。カズはそういえば作詞家だし、わたしの方は小説家なのだから、文学関係の話題が出てもいいようなものだったが、カズとわたしが小説や詩の話をしたことは、一度もなかった。けれどカズは、存外きちんとアンの言葉に答えた。

「フォークナーやマンディアルグは、若いころよく読んだよ」

「作詞する時、どの言語で考えるの？」

アンは、重ねて訊ねた。カズはしばらく考えてから、

「日本語？　日本語の歌詞だし」

と言った。わたしは、またどぎまぎした。まさかカズは、アンのことをからかっているのではないだろうな、と。

一軒だけで解散になり、三人ともおとなしく電車で帰った。翌日アンからメールがきた。「楽しい夜でした」とあった。楽しくなかったに違いない。カズからは、メールも何もこなかった。かわりに、翌週「また三人で飲まない？」という電話がきた。

恋に落ちる、なんていう言説は、あれはただのいいわけで、恋は意思をもって、初めてで

きるものよね。

というのが、その次にアンと飲んだ時の最初の話題だった。カズがアンを気に入ったみたい、という、わたしの言葉に対してアンがそう答えたのである。

三人で飲むことを、アンはこばんだのだ。「忙しいらしい」と、カズにはメールしておいた。「ではまた時間のある時に、ぜひ」という返事が、翌日きた。カズがほんとうのところがっかりしているのか、どちらでもいいようなことだったのかは、わたしには全然わからなかった。メールというものは、便利なものだ。

「恋に落ちる」話は、すぐに終わり、次のわたしとアンの話題は、互いの親の介護についてとなった。こちらは、いくらでも話すことがあり、「介護認定」「認知症」「老健」「ケアマネ」等々についての、ことこまかな情報交換から、これまでの親子関係に関する愚痴やら経過やらについて、飽きることなくしゃべり続けた。

「ところで、カズのこと、どう思った?」

介護関係や親子関係の齟齬についての話題にそろそろ疲れてきたところで、わたしは話を戻した。

「一回会っただけじゃ、わからないよ」

「じゃあ、今日三人で会えばよかったのに」

「めんどくさい」

「来月なら、どう？」

「半年先も、まだ三人で飲む気持ちがあるようなら、会ってもいい」

「ま、そんなペースがいいかもね」

まだわたしもアンも五十代の後半だった。六十代になった今、五十代を「若い」などと言っても、その違いが何なのか、わたしたちよりもずっと年上の人生の先輩たちにも、あるいは年下の後輩たちにも、実感はしてもらえないかもしれないが、今のわたしからみると、たった五年ほど前だが、五十代後半の自分たちは、まだまだ「恋」あるいは「出会い」などという、難儀なことに対する感受性が強かったように思えるのである。

「ま、もう少し年がいったら、あの頃は若かったって、同じように言うのかもしれないけど」

今のアンは、そう言って笑うが。

三人でふたたび飲んだのは、半年先ではなく、たったの一ヵ月先だった。アンとわたしがまだ日の暮れる前から、下北沢駅の近くの店で飲んでいたら、カズが偶然入ってきたのだ。

「おう」

と、カズは小さな声で言い、寄ってきた。うしろに、スーツを着た女性が二人いる。少し離れたテーブルに二人は座って、メニューを見始めた。カズはわたしたちの卓の横に突っ立っている。

「仕事？」

「うん。すんだらこっち来ていい？」

「いい？」

わたしはアンに聞いた。アンはうなずいた。それから、カズに向かってにっこりした。カズも、にっこりした。恋が始まるのかもしれないなあと、ぼんやり思い、ああなんてめんどくさそう、かわいそうに、と、つづけて思った。


「カズって、いい？」

次にアンに会った時に聞いてみた。

「いい？」

聞き返された。

「メールしあったり、二人で会ったり、いろいろ感情を表出しあったり、してるんじゃないの？」

「してない」

というのが、アンのそっけない答えだった。

「照れてる？」

「照れてない」

「なんだー、がっかり」

「中学生か、きみは」

「六十近くなると、夢見がちになるのよ」

下北沢でばったり会ってふたたび三人で飲んだ時、カズはアンの番号とアドレスを聞きだしていた。食事に誘われたけれど予定があわなかったのだとアンは言った。

「予定があわなきゃ、次の予定を検討すればいいのに」

わたしが言うと、アンはため息をついた。

「六十近くなると、たしかに夢見がちになるけど、同時に承認欲求も妙に強くなって素直じゃなくなるから、なかなか次の予定検討にいくのがむずかしいのよ」

「承認欲求……あなたたちも、やっぱり中学生だったのか」

「中学生と違うところは、夢見てることとか承認されたいことが、ほんとうのところはどっちでもいいことだって、心の底では知ってること、かな」

「何それ、突然の冷や水？」

「でも、その建前と本音みたいなところを、おれたち楽しむ余裕があるんだぜ、っていう姿勢をとることができるのが、あたしたちの年齢の強みよ」

「結局、中学生が少し複雑になっただけか……」

アメリカにも「中二病」のような概念はあるのかと、わたしはアンに聞いてみた。あるけれど、そこまで具体的な言葉にはなっていないかな。それに、アメリカの中二病は、日本の中二病よりも、外向きかな。アンは答え、肩をすくめた。

カズとアンは、その後も結局二人で頻繁に会う関係にはならなかったようだ。秘密にしている可能性もあったが、秘密にする必要はないはずだった。あるいは、会っているだの、たまたまセックスをしてしまっただの、実はかなり好きあっているだのという説明が、面倒なだけかもしれなかったが。

カズとわたしが二人で飲む頻度は、それからも変わらなかった。カズはもう、結婚したいとは言わなくなった。かわりに、猫を飼いたいと言うようになった。旅の仕事が案外多いので、生きものを飼えないのだそうだ。

「おれが留守の時、面倒みてくれない？」

と言うので、無視した。

「みてくれない？」

二回めも、無視した。

「アンさんは、元気？」

時おり、時候の挨拶のように、カズは言う。

「元気だよ。連絡とか、してないの？」

答えると、

「してない。元気でよかった」

「なんかカズ、少しおじいさんになったね」

「え、どこが」

「おじいさんは、いいよ。いい」

「どこが、じいさん」

という質問は、また無視した。


暮れに新宿でアンと飲んだ次の月、すなわち二〇二〇年の一月に、アンとわたしとカズは、久しぶりにまた三人で飲むこととなる。

「最近の若い人たちは、あんまりお酒飲まないんでしょ」

突然アンが言いだすので、ちょうどグラスにワインをなみなみと注いだばかりだったカズは、びくっとしてワインの瓶をとり落としそうになった。

「なに、アンは節酒とか始めたの？」

「いやあ、うらやましいなと思って」

「そうかなあ」

「腎臓とか肝臓とかが、ずっときれいなまま生きていけるんだよ」

「見えないから、きれいでもそうじゃなくても、いいんじゃない？」

という雑な意見をカズが述べる。

三人で飲もうと提案したのは、アンだった。

「こないだ夏野さんの作った歌詞をカラオケでうたったら、なんかよかったので」

というメールがきたのだ。

「何の歌?」

カズが聞いた。

「忘れた」

「忘れたのかよ」

近頃あんまり仕事の注文がこないのよ。カズは、こぼした。若い者のつくる、ほら、レモンとかパプリカとか野菜系の歌詞の方がいいみたい。

「野菜」

「レモンて、野菜だっけ」

「ねえ、核《かく》ちゃんて、おぼえてる?」

突然アンが話題を変えた。核ちゃん、というのは、大河内核のことだろう。カリフォルニアのあのアパートメンツに住んでいた、アンと同い年つまりわたしより二歳年上の男の子だ。お父さんが原子物理学者だったので、息子に「核」という名をつけたのだ。

「核って、響きはいいけど、その後名前で苦労したりしなかったのかな」

「苦労」

「東日本大震災の時とか」

「核ちゃん、今何してるの」

「宇宙物理学の研究者」

はー、と、カズはため息をついた。なんか、つぶしがききそうだな、宇宙物理学者って。

「作詞家は、つぶし、きかないの？」

「きかん」

「小説家だって、きかないよ」

わたしが言うと、カズは笑った。ま、そうだな。似たようなもんか。

そのあとは、更年期が話題になった。男にも更年期があってさ。と、カズが始めたからである。

「犬か猫、やっぱり飼うかなあ」

「更年期にいいの？」

「いかにも更年期症状が治まりそうじゃない」

「犬や猫に悪いよ、治療のためなんて」

と言ったのは、アン。カズがアンをじっと見つめる。柔らかな視線である。こういう視線を、どこかで見たことがあると思った。でも、思いだせなかった。犬を飼うなら、名前はマギー。カズが言う。

「何かいわれがあるの？」

わたしが聞くと、カズは少し顔を赤らめ、

「初恋の女の子の名前」

と答えた。君もやっぱり中学生なの？　そうつぶやきながら見ると、カズは卓につっぷして、寝息をたてはじめていた。


カズの柔らかな視線と同じ視線をいつ見たのだか、唐突に思いだしたのは、三人で飲んだ次の日だった。ふつかよい気味のかすかに痛む頭が揺れないよう、そっと洗面所まで行き、水をくんだ。一気に飲むと、喉がゆるんだ。紅茶を淹れようと思い、キッチンへ歩いてゆく、そのあしのうらが冷たい。パジャマのまま、やかんを火にかけた。蒸気が注ぎ口からふきだすまで、ぼんやりとソファに身を預けている時に、思いだしたのである。

あれは、サブちゃんが日本に帰る直前、うちにサザエさんと文藝春秋をもってきた時だった。五十数年前の、カリフォルニアの秋の夕暮れのひざしは、薄暖かかった。日暮れの始まる時間は日本よりも遅かったので、すでにわたしと母は夕飯をすませていた。サブちゃんは、玄関のドアをほとほとと叩いた。雑誌とマンガを母に渡し、サブちゃんは母の出したビールの細い瓶のふたを、栓抜きを使わずに食卓のはしっこを使って器用にあけた。

ビールの瓶が空になるころ、父が帰ってきた。一人ではなかった。マリエさんが一緒だった。サブちゃんとマリエさんは、建前上では別れたことになっていたが、おそらくまだこっそり会っていたのだろう、ということは、後年になって推測した。

マリエさんと父は、なんでもない顔で椅子に座り、母が出してきたビールの栓を、こちらは栓抜きであけた。コップ、ある？　マリエさんは母に聞いた。父はサブちゃんと同じく、瓶に口をつけて直接飲んだ。

「いつ発つの」

母がサブちゃんに聞いた。

「あさって」

サブちゃんのかわりに答えたのは、マリエさんだった。

それから四人は、麻雀を始めた。一時間くらいで終わり、そのあとはまた四人でビールを飲んだ。わたしはテレビで「とびだせフィリックス」を見ていたが、マリエさんとサブちゃんが卓の下で手をにぎりあっているのを、ふと見つけてしまったので、テレビの方はすっかりお留守になり、二人の手をこっそり観察しはじめた。

マリエさんの爪は、きれいに彩色されていた。真っ赤で長い爪だった。その爪が、サブちゃんのてのひらに一瞬くいこみ、すぐに離れた。サブちゃんは驚いたように自分のてのひらを目の前にもってきて眺め、それからおもむろに、ぺろりとなめた。

てのひらには、血がにじんでいた。マリエさんは、てのひらをなめるサブちゃんを、じっと見つめていた。柔らかな視線だった。自分が傷つけたくせに、なぜこの人はこんな優しそうな顔をしてサブちゃんを見つめるのだろうと、わたしは不思議に思った。

父が何かの冗談を言って笑い、母も笑った。サブちゃんも、マリエさんも。もう寝なさいと言われたので、わたしは寝室にひっこんだ。マリエさんの真っ赤な爪の色の方が、サブちゃんのてのひらににじんでいた血の色よりも、ずっと濃い赤だった。あれから今まで、わたしは一回もマニキュアをしたことがないし、爪をのばしたこともない。赤く染められた爪を見ると、反射的に、あの時テレビで見ていた猫のフィリックスの造形を思いだす。


「マリエさんは、どう」

わたしはアンに聞いた。カズはまだ卓につっぷして、静かに寝息をたてている。

「今入ってるのは、いい施設だよ。一ヵ月に三回くらい、通ってる」

「それって、けっこう頻繁？」

「ま、妹たちが忙しいからね」

「アンも仕事があるでしょ」

「一日会社にいなきゃならない仕事じゃないから」

アンの爪には、ジェルネイルがほどこされていた。くすんだローズとグレーが、シックだ。マリエさんは、あまりいろいろなことが思いだせないそうだ。アンとルリとニナの区別も、つかなくなっている。月に三回行くと、一回めは「ルリ」と呼ばれ、次の時は「アン」、また次の時には「ルリ」「ニナ」と、交互によびかけられるのだという。

でも、三人の誰かの名前で呼ばれるだけ、まだいいんだ。これが、あたしたち姉妹じゃなく、マミーのお姉さんとかお母さんとか全然知らない人の名前になったら、レベルがぐっと上がってラスボスが近くなってくる感じじゃない？　アンは手をひらひらさせながら、言った。

「アン、ゲームなんかするんだ」

「ニナが好きだったから、たまに、した」

「ジェルネイルって、いい？」

聞いてみた。

「いいよ」

「今度してみようかな」

カズが二回、大きくいびきをかいた。大河内核と二人でうつっている写真を、今度アンに見せてあげようと思った。写真を撮った五十数年前、大河内核は、写真をとった直後におしっこをもらしたのだ。写真の核ちゃんの顔は、ゆがんでいる。おしっこを、必死に我慢していたにちがいない。

夜中目が覚めた時に必ず考える

結果的に、核ちゃんの写真は、アンにではなくカズに最初に見せることとなった。なぜなら、二〇二〇年の一月末に一週間ほどニナのところに滞在するためにアメリカに行ったアンだったのだが、ニナの娘が出産をしたので、もうしばらくカリフォルニアにいることにしたと言ってきたからである。

二〇二〇年の二月に、アンとはマチネを一緒に見る約束をしていた。チケットが手に入りにくい人気の舞台だった。たまたま初期のころからずっとその劇団をバックアップしている編集者を知っていた。舞台も映画もいつも一人で観るのだが、アンの好きな小説を舞台化する、というので、アンも誘ってみた。ぜひ、という返事がきたので、二人分のチケットを頼んであったのだ。

ところがアンが帰国できなくなったわけである。かわりに誰を誘おうかと考えたが、一緒に舞台を見ても自分が揺らがないでいられる相手を、なかなか思いつくことができない。昔からそうだった。連れがいると、体も気持ちも、その連れにひっぱられてしまうのだ。並んで座っているその人が、いつ身じろぎしたか。いつため息をそっとついたか。いつ笑ったか。いつこっそり泣いていたか。いちいち気にかかって、興がそがれる、というのではないのだが、見ている自分の視界が変化してしまう。いつかそんなナイーブさもなくなるかと思っていたのだが、六十歳を過ぎても、だめだ。

カズ以外に、結局は連れを思いつくことができなかった。

「行く行く」という返事がきて、埼玉の劇場のある駅の改札口で待ち合わせた。きれいな舞台だった。幕間に、カズは知人と偶然ロビーで出会い、ずっと彼と喋っていた。カズやわたしよりも二十ほど年下だろうか。平日の昼間に舞台を見にくることのできるのは、フリーランスかマスコミ関係か自営業者かあるいは楽隠居の身の上なのかと、少し離れたところからぼんやりとカズの知人を眺めた。黒いズボンに白いシャツのなんでもない服だが、どこか粋である。黒ぶちの眼鏡が似合っている。わたしと二人でいる時とまったく変わりのないカズの様子が、少しばかり小面憎かった。カズはきっと、誰と舞台を見ても映画館に行ってもライブに行っても、同じ様子を保っていられるのだろう。そこが、同じフリーランスでも、家にひきこもって誰とも会わずにすむ日々を得意とする小説家の自分とは違う。たくさんの人たちと共に仕事をおこなってきたカズの今までの時間を想像した。けれど、そのような共同作業のよろこびをほとんど知らないので、うまく想像できない。そういえば、自分の書く小説には、強い絆をもって共に何かをなしとげる喜びを描いたものは、ただ一つもなかったことを、突然思いつく。いやな気分になった。

けれど舞台の後半、カズとふたたび並んで座ると、いやな気分はすぐさま消えた。カズが無造作な空気をまとった人間でよかった。もしもわたしがもう一人いて、こんな気分の時にわたしの隣に座ったなら、きっといやな気分は消えず、それどころか増幅され、池の波紋が広がってゆくようにいつまでも気持ちを揺らし続けたにちがいない。そのような因果な自身を舞台に投影しつつ、上演されている作品を楽しんだ。この因果さを嘆くのではなく、楽しめるようになって、よかった。まあ、たいした楽しさでもないのだけれど。

駅までふたたび歩き、電車に乗ると、幕間にカズと喋っていた黒ぶちの眼鏡の男性が、同じ車両にいた。女性が一人、一緒にいる。

「妻です」

と、紹介された。

カズの知人は写真家だった。妻はあなたの小説のファンなのです。そう言われ、居心地が悪くなったが、なぜこれほどまでに自意識過剰なのかと、さらに居心地が悪くなる。ので、自意識をいったんスイッチオフにした。そういうことができるようになったのは、最近である。

昼下がりよりも夕刻に近い時刻である。節分を過ぎてからも寒さが続いていた。

「立春は過ぎたのにね」

カズが言うと、写真家は感心した。

「立春って、もう来てるんですか。ふうん」

わたし、カズ、写真家、その妻という順で並んで立ち、電車に揺られた。写真家は妻の腰にゆったりと腕をまわしていた。小柄な女性なので、写真家の翼の下に隠されている生きもののように感じられる。新宿に着いて乗り換えのために電車を降りると、写真家夫妻も一緒に降りた。

「よかったら、呑めるすし屋に行きませんか」

そう誘う。カズと一瞬顔を見合わせた。

「今日の舞台のことも、もう少し話したいし」

写真家は続けた。

呑めるすし屋、という言葉はいいな、と思ったので、そうですね、と答えた。カズは何も言わず、写真家と並んだ。そのまま、二人で先に立ち、アルタのある方の口へと歩きだした。自然に写真家の妻と並ぶかたちになる。名前を聞いた。

「愛です」

「メグ、いい名前ですね」

「若草物語の長女と同じです」

「ああ、そうですね、若草物語、好きですか？」

「はい、でもわたしはメグよりジョーが好きなんですけどね」

そう言って、メグは笑った。

「若草物語は、第四部まであるの、知ってます？」

聞いてから、しまった、と後悔した。初対面の相手にこういう些末なことを聞いて、緊張される割合は、六割五分。スルーされるのが一割。応えてもらえるのは五分ほど。反感を抱かれる場合が残りの二割。

けれどメグは、最も少ない割合の、応えてくれる相手だった。

「ジョーは、結婚して、マーチおばさんの遺産であるプラムフィールドで、少年のための学園を経営するんですよね。そこにはいろいろ問題のある子たちがいて。わたしは、ナットに心ひかれました。あの、バヨリンを弾く、精神的に弱いところのある子」

メグが「バヨリン」という言葉を使ったので、驚いた。古い翻訳で読んだのだろうか。わたしが読んだ翻訳にも、「バイオリン」ではなく「バヨリン」とあった。辻音楽師の父の手一つで育てられ、バイオリンをしこまれ、貧しく育ったナットという少年が、父を亡くして一人になった時に、プラムフィールドに引き取られるのである。気弱で芸術家肌で喧嘩のできないナットが弾くのは、「バイオリン」という完璧な響きの楽器ではなく、大正時代の創作童話のような陰影あるなつかしさを感じさせる「バヨリン」という響きの楽器がぴったりだと、初めて読んだ数十年前に感じたものだった。

「ダンは、どう?」

ダンというのは、ナットが「貧民窟」——というのも、古い翻訳での言葉である——にいた時に知り合った野性的な少年で、放浪癖があり、社会の規範からはどうやってもはずれてしまう少年なのである。ジョーは、この少年に自身の若いころの気性の激しさを投影し、学園生活の中でそれぞれの欠点を矯めてゆきつつまっすぐに育つ子らよりも、よほど心惹かれてしまうのだ。人馴れしないダンだが、ジョーや少年たちのおかげで少しずつ社会になじみはじめる。けれどダンは長じてから、ジョーの姪であるベスに恋する。その恋を認めるという選択を、ジョーは最初から持っていない。あたりまえのように、ダンの恋心をつぶす。ダンは、正当防衛とはいえ、殺人をおこなって服役した後の身だからだ。奴隷制度廃止論者であり、フェミニストでもあり、人権について公平な意識を持っていただろうオルコットだが、時代はまだオルコットをしても、ダンと姪のベスとの間の恋を認める裁量を、ジョーに与えることができなかったのである。

「ダンについては、割り切れなくて、好きとか嫌いとか言えないんです」

メグは、小さな声で答えた。

前を歩いてゆくカズと写真家が、次第に離れてゆく。わたしとメグは、足を速めた。日が傾きかけていた。メグは、魚のアップリケのほどこされたバッグを手に提げている。ふんわりとしたコートは、薄い紫色だ。

「おすし、楽しみね」

メグに言うと、メグは小さくうなずいた。


すし屋はなかなかよかった。カウンターの中には、恰幅のいい主人が白衣に鉢巻きで立っている。小上がりもあったが、ダンボール箱が座布団の上に並び、使われていない様子である。

店に入った時、客は一人だけだった。二つ離れたカウンターの席に四人で腰をおろした時に、先客はちょうどかんぴょう巻を食べ終え、おおぶりの茶碗に注がれたお茶を飲んでいるところだった。ちらりとわたしたちを見てから主人に向き直り、お勘定、と言った。


おしぼりをわたしたちの前に出してから、主人は計算をはじめた。三分ほどかかってから、三千五百円、と言った。お客は千円札三枚と百円玉五つを出し、待っている間に使っていた楊枝を口の端から突き出したまま、のれんをくぐって出ていった。

「ビールでいいですか」

写真家が聞く。カズがうなずいた。わたしも、つづいて。瓶ビールが二本出てきた。コップは、少しぬれている。何かちょっとつまみがほしいな。カズが言うと、主人はガラスケースの中から刺身のさくを取りだし、すっすっと切ってゆく。計算はゆっくりだったが、包丁さばきはなめらかだった。白身の刺身とタコと子持ち昆布を並べた皿を、主人はそれぞれの目前のつけ台の上に載せた。そえられた醬油用の小皿も、少しぬれていた。写真家はカウンターに置かれた箸箱から割りばしを取りだし、全員に配った。

メグは、ほとんどお酒を飲まなかった。わたしとカズと写真家の三人で、焼酎の四合瓶を一本あけ、さらに追加でビールを二本飲んだ。握りは小ぶり、少しばかり散漫な味で、そこが安穏だった。たしかに「呑めるすし屋」である。

メグは、呑まないかわりに、握りを頼みつづけた。呑んでいる三人の手がともすれば焼酎のコップばかりにのびるのを横目に、白身、貝、イカ、ひかりもの、マグロの赤身と順次食べてゆき、そこからアナゴにいったので、そろそろしまいかと思ったら、ふたたび白身に戻って、白身、貝、タコ、ひかりもの、中トロと、少しずつ種をずらして頼んでゆき、巻物になったので今度こそしまいかと思っていたら、いくらとウニと大トロを続けざまに注文し、そこから卵焼きに行って、そしてまた白身に戻った。

細身のメグの、胃ぶくろのあたりだけが、ぽかりとふくれている。薄紫のコートをぬいだ下は、胸元のあいた黒いセーターに、腰まわりのぴったりしたベージュのスカートだった。細い首に、繊細な銀の鎖が、先端に小さな粒のダイヤを光らせてさがっていた。メグが握りをほとんど咀嚼もせず飲みこむたびに、ダイヤがふるえた。

すし屋でトロの握りを注文しつづけて不興をかったのは三島由紀夫だったっけかと思いながら、メグを時おり眺めた。食べぶりは、ひらりひらりと清潔である。「ひらりひらり」、といえば、太宰だ。『斜陽』の「お母さま」は、わたしの中ではメグと同じ三十代ほどに記憶されているが、実際には「お母さま」の娘の方が、三十に届くか届かないかの年まわりなのである。ということは、「グリンピイスのスウプをひらりひらり」と飲んだ「お母さま」は、どちらかといえば自分に近い年なのだろう。「お母さま」は作中では結核で死んだ。死ぬ確率の高い年まわりとなっているのだ、カズもわたしも。「わたしも」ではなく、「カズもわたしも」と、カズを道連れにしたのは、公平を期したのか、あるいは自分の心もとなさにカズをひきずりこもうとしたのか。

「しゅうまいの、グリンピース」

という言葉が、突然口をついて出た。

「え?」

写真家が、聞き返す。すでに酔っているので、唐突なわたしの言葉に驚くふうはない。

「いやあ、結婚していた相手が、しゅうまいのグリンピースを憎んでてね。崎陽軒のしゅうまいを買って帰ると、ものすごく怒ったの」

「崎陽軒」

写真家が、首をかしげる。

「うん、崎陽軒。まるまるしたグリンピースが使ってあるの」

「憎んでることを知ってるのに、買って帰ったの？」

　カズが聞く。

「まあ、そうなんだけど」

「それは、あなたの意地が悪いんじゃないの？」

「でも、グリンピースがかわいそうじゃない、憎まれて」

「嫌いなんじゃなく、憎いんですか？」

　写真家が聞く。

「うん、憎いんだって」

「どうして」

　グリンピースが、なぜ憎いのか、そういえば訊ねたことはなかった。グリンピース単体が憎いのか、あるいはしゅうまいとの組み合わせが憎いのか。

「ひどい妻」

「なんでよ」

「夫に無関心すぎ」

「カズは、妻が憎んでいたものと、その理由、把握してた？」

「ちゃんと、してたよ」

カズの最初の妻は蛇を憎んでいた。その造形がおぞましく感じられるから。二番目の妻は、ゴキブリを憎んでいた。その造形がおぞましく感じられるから。三番目の妻は、最後にはカズを憎んでいた。その存在がおぞましく感じられるから。

「あれ、夏野さんって、二回しか結婚してなかったんじゃ」

写真家が言う。

「あ、三番目は、妻になる前に別れたんだった」

「なんかカズの今の説明、できすぎじゃない？」

わたしが言うと、カズは笑った。

「そうだな。なんか悦に入った感じのいいぐさだったかもな」

メグが、かんぴょう巻を頼んだ。わさび、入れますか。主人が聞き返す。はい。みなさんは、かんぴょう巻、いかがですか。主人は続けた。

割り勘で、一人九千円ずつ払った。

「わたしばっかり食べて、すいません」

メグがぴょこりと頭をさげた。

「豪快な、いい食いっぷりでしたよ」

カズが言う。

見てきた舞台の話を、そういえばまったくしなかったことを思いだしたのは、電車に乗ってからだった。まだ夜の八時少し過ぎで、車内は混雑していた。

三月に入ってからカズと二人で会うことにしたのは、何かの予感がしたからだったのかと、その後時おり思い返した。いつもならば半年に一度ほどしか会わなかったカズと、二〇二〇年の一月にはアンと三人で、二月には舞台を見に行きその後に写真家夫妻と四人で、そして三月にはカズと二人きりで、時間を過ごしたのだから。

三月のはじめ、アンはまだカリフォルニアから帰ってきていなかった。日本ではマスクが払底していた。こっちにはあるから、送ってあげる。アンから連絡がきて、十日後にマスクが三十枚届いた。ダイヤモンド・プリンセス号の乗客がようやく全員下船できたというニュースのあと、国内でも少しずつ新型コロナの感染者が増えつつあった。このまま感染が広がってゆくのだろうかと案じつつ、できるだけ外出しないようにしているところに、カズから連絡があった。

「ごはん一緒に食べない」

とあった。

「外じゃなく、家に来ない」

つづけて、そうきた。

「家って、カズの」

「うん」

「ちょっとためらうかも……」

「じゃ、あなたの家に行こうか」

「同じことでは」

「魚心も水心も涸れてるから」

というやりとりがあり、ためらうのは、魚心や水心についての観点からではなく、感染についての観点からなのだが、ということは表明せず、結局はカズのところに行くことになった。


みやげには、マスクを十枚と、近所の中華料理屋で始めたテイクアウトの「しゅうまいピータンセット」を持っていった。


核ちゃんの写真をカズに見せたのは、この時である。

「その子、よく一緒に遊んだよ」

「ほんと？」

レンジであたためたしゅうまいをほおばりながら、わたしは聞き返した。

「うん、草すべりした。クローバーの原で」

カリフォルニアでわたしとカズが住んでいたアパートメンツは、ＡからＹまでの棟がランダムに配置され、あいまにいくつもの野原や遊具の置いてある小公園、バーベキューのできる広場、そして広々した駐車場があった。

クローバーの原は、アパートメンツの中でもいちばん広い原だった。学校の校庭ほどの広さの矩形の空間の四辺から、斜めに地面が掘られ、地上部分の矩形よりもひとまわり小さな矩形の空間が、斜面を三メートルほどくだった下につくられていた。立体的台形がさかさになった形の、土をごっそり削ったくぼ地、と言えばいいだろうか。そして、そのくぼ地の地表はすべてクローバーでおおわれていたのだ。

初夏になり、クローバーが盛んに生えでるころ、わたしと、仲よしのベツは、ダンボールの切れはしを尻に敷き、飽きずに何回でもくぼ地の斜面を滑り降りた。一人で滑り降りることもあったし、ベツのお兄さんであるマイクとその友だちで、一人用の小さなダンボールに最高で五人乗りをしたこともあった。ぎっしり五人の男の子たちが身を寄せ合い、歓声をあげながら滑り降り、くぼ地の底につくと五方にころげ落ちて、さらに野蛮な歓声をあげるのである。

核ちゃんとカズは、六歳の夏に突然仲良しになり、六歳の冬に仲たがいをしたのだという。

「仲たがいって、なんでまた」

「核ちゃんのマミがすしを握ってくれてさ」

カズが言う。先日写真家夫妻とすしを食べたばかりだったので、符合に気をひかれた。

「そのすしが、まずかったの」

「まずい？」

「マグロの握りずしだったんだけど」

アパートメンツから車で一時間ほど走ったサクラメントの街には、中華街があり、刺身はそこで買うことができた。タコとマグロとサーモンしか売っていなかったけれど、日本人たちは喜んで買い求め、すしパーティーを時々開いた。握りずしは、たいがいダディーたちがつくり、マミーたちはちらしずしやおいなりさんを作った。

「パーティーで食べたんじゃなくて？」

「うちは、パーティーには呼ばれなかったし」

なるほど、パーティーは、カリフォルニア大学に所属している日本人たちどうしで開いていたものだった。商社勤務のカズのところは招かれなかったのか。

「いや、うちの『おとうちゃま』が、パーティーぎらいだったから。母は行きたがってたんだけど。ところで、このしゅうまい、グリンピースがのってないね」

「このごろのしゅうまいには、あんまりのってないよ、グリンピース」

カズの部屋は、散らかっていた。正真正銘のワンルームである。キッチンとリビング部分、そして大きなダブルベッドが、かぎ形の広々した空間に散漫に配置されている。いたるところに本と雑誌が散らばり、服も脱ぎ散らかされている。ベッドはカバーがかかっておらず、カズが起き出したそのままのように掛布団が曲がってかけられていたが、部屋全体が均一に散らかっているので、人が寝た気配のあるベッドがすぐ目の前にあっても、ほとんど気にならない。

「都築響一の写真みたいだね、この部屋」

「なかなかいい部屋だろ」

「味は、ある」

核ちゃんの母親のつくった握りずしを、カズが吐きだしたので、核ちゃんがものすごく怒って、それ以来二人は口をきかなくなったのだ。

「マグロの握りが、そんなにまずいものかなあ」

わたしが聞くと、カズはしばらく黙っていた。

「ずっとそのことが、おれも気にかかっててさ。ほら、夜中目が覚めた時に、必ず考えちゃうことって、いくつか、あるでしょ」

「うん、あるある」

「そういうのの中で、別れた妻とのあれこれとか、仕事のトラブルとか、個人的に決して思いだしたくないこととかより、おれ、核ちゃんのマミのつくったマグロの握りのことを、今までの真夜中の覚醒の時に、いちばん考えたかもしれない」

なぜあんなにまずく感じたのか。

「たぶん、わさびがたっぷり入ってたからだと思う」

カズは言った。

「なるほど、それはありえるかも」

「でもさ、六歳の子供のすしに、たっぷりのわさびなんか、入れるものかな」

「それもそうか」

核ちゃんのマミーの顔は、思いだせなかった。核ちゃんのところでおすしをごちそうになったことも、ない。

「おれのこと、きらいだったのかな、核ちゃんのマミは」

「ときどき、自分のことを嫌う大人って、いたよね」

しばらく、わたしもカズも黙った。真夜中に起きてしまった時に考えるあれこれのなかみを、一瞬、鮮明に思いだした。すぐにそのことに関して、スイッチをオフにした。

「チェイサーをあけるか」

カズが言った。わたしたちは、しゅうまいとピータンをつまみに、白ワインを飲んでいたのだ。カズは乱れたベッドにのっかり、向こう側の床に身をかがめた。起き上がったカズの手には、シャンパンの瓶の首が握られていた。

「おれの秘蔵のシャンパンだ。一本三万した」

「チェイサー？」

「そう、こういうのをチェイサーにするのが、自由業者の心意気ってもんだ」

「そんな心意気、不必要だよ」

ぽんと音をたててあけられたシャンパンの瓶のガラスの内側を、小さな泡が這いのぼる。

「そういえば、この前アンと一緒だった時には、核ちゃんのこと知ってるって、言わなかったね」

「うん」

「どうして」

「うーん、なんとなく」

食卓の下に、ダンベルが一本ころがっている。まだ日が高い。チェイサーは、かなりおいしかった。今度すし屋に行ったら、つまみは頼まず、握りからすぐに始めようと思った。けれど、二〇二〇年には、すし屋に行く機会は結局おとずれなかったのである。

そういう時に限って冷蔵庫の中のものが

カズの部屋でしゅうまいをつまみに飲んだ翌週、都心にある出版社へ行った。つげ義春についての対談のためである。その出版社では、近々つげ義春の選集を新たに出版することになっていたのだ。

つげ義春。という音の響きは、癖になる。ことに、「つげ」という部分が心地よく舌の上をたゆたう。ところが、つげ義春の弟であり、こちらも漫画家である「つげ忠男」の方は、なぜだか「つげ」の部分が後を引かない。発音してみても、「つげただお」と、最後までつるりと進んでしまう。「よしはる」が四文字で、「ただお」が三文字だからだろうか。つげ義春に劣らずつげ忠男が好きなのに、なぜなのだろう。つげ、つげ、と、心の中で時おりとなえながら、対談の場所に向かった。

つつがなく対談は終わり、少し飲みますか、ということになった。編集者が二人、そして対談相手の小説家である野島さんとわたしの四人で、近くの蕎麦屋に入った。編集者のうち一人は、初めて会う女性である。名刺には「弓田ミナト」とあった。お名前、カタカナなのがいいですね、と言うと、はい、と、はっきりした声で答えた。「弓田」は、ユダと読むそうだ。

卵焼きや山菜のてんぷらをつまみに焼酎のお湯割りを飲んだ。店にはわたしたちしか客がいない。時刻は、夜の七時過ぎである。以前同じ店に来た時には、ぎっしりと混んでいた。

「そういえば、三月に入ってから、初めての飲みだなあ、これが」

野島さんが言う。

「いつもは、もっと？」

「いやあ、今子育ての最中なんで、以前よりもずっと飲みは減ってるんだけどね」

「コロナだからじゃなくて？」

「それも、ある」

二〇二〇年の三月に入り、感染者は増えつつあった。その日の対談も、大きな会議室で、相手との間隔をとっておこなわれた。対談をおこなう時の同席者は三人以下と、社内の規定が決まったところです、と編集者が教えてくれた。消毒用のアルコールが扉ごとに置かれていた。街ではアルコールが店先から消えていたし、何よりトイレットペーパーを見かけなくなっていた。編集者の一人が、自分は買い置きをしない質なので、家にはもうトイレットペーパーが一巻もなくなった、でもとなりのセクションの人が二巻ふるまってくれたので、しばらくは大丈夫だと、笑いながら言った。何回かすでに披露した話なのだろうと思った。日本の編集者は、どんな時にも著者をなごませようという心意気をもつ。そういえば、数年前に北欧の文学祭で会ったリトアニアの編集者に、なぜ世界ではムラカミハルキばかりが訳されるのか、日本の作家はいったいどう思っているのかと、詰問されたことがあった。日本の何が訳されるか決めるのはわたしではないし、そもそもわたしはムラカミハルキの作品が多く訳されるのは妥当なことだと思うと言うと、たいへん不満そうにし、気配で不満を表すのみならず、言葉でもその後不満を表しつづけた。あの時は、この編集者は著者をなごませる率、二パーセントくらいしかないなと、内心でくすくす笑ったものだった。

トイレットペーパーの話題が終わったあたりで、弓田ミナトが、少し前の雷雨の日の話を始めた。春先の、桜が咲く少し前くらいの雷は珍しいので、同席した皆がよく覚えていた。落雷のため、都内でもいくつかの地域がしばらく停電になった。おおかたの場所では一時間もしないうちに回復したのだが、弓田ミナトの住むあたりだけは、二時間たっても三時間たっても通電しないままだったのだそうだ。

「ところが、そういう時に限って、冷蔵庫の中のものが、どうしようもなく食べたくなってしまうんですすよ」

弓田ミナトは言うのだった。

「春先の雨はたいがい冷たいのに、あの時の雨はへんにむっとする温気をはらんでましたよね」

そう続ける。てんでにうなずき、弓田ミナトの話の先をうながした。

「で、冷凍庫にあるアイスと、その朝作っておいた牛乳かん、あと、何日か前に作りおきしたクラゲの酢の物を、どうしようもなく食べたくなって」

「いい組み合わせだね、その三つ」

野島さんが、感心する。

「でも、停電なので、冷蔵庫を開けてはならぬと思うわけです」

「だけど、そういう時って、我慢ができなくならない？」

「まさに、その通りなんです」

そこで、弓田ミナトは、一瞬だけ冷蔵庫の扉をあけて牛乳かんとクラゲの酢の物を取りだす手順を、頭の中で何回も描いたのだという。冷蔵室の一段目の四角い弁当箱の中に作ってある牛乳かんは、その朝手前に小さなジャムを置いたはずなので、右手で手早くずらす。三段目の左奥にあるはずのクラゲの酢の物が入ったタッパの前には、前の晩にラーメンを食べた時に使ったキムチのパックと天かすの入った袋があるので、左手でこちらもずらし、牛乳かんとクラゲの酢の物を、同時に左右の手で取りだす。この間、三秒から四秒。

手順を数回頭の中で予習してから、弓田ミナトはいよいよ冷蔵庫を開けた。

ところが、冷蔵庫の中には、ジャムの小瓶もキムチのパックも天かすもなく、かわりに二段目に牛乳かんの弁当箱とクラゲの酢の物のタッパが重ねてあるのだった。そして三段目には、缶ビールだけが数本。

呆然としながら、クラゲの酢の物とビールを取りだし、結局昼からビールを飲んでしまった。停電が回復してから冷蔵庫を調べたら、キムチと天かすは野菜室につっこまれており、ジャムの瓶はよく探すとすでに空になってシンクの隅で水を満たされていた。これ、大丈夫でしょうかね。今わたし、三十歳なんですが。弓田ミナトがそう結んだので、彼女の歳がわかった。

「三十歳くらいの頃って、そういえば、へんなふうに上の空になったり、記憶が濃いあまり、かえって記憶の捏造がおこなわれちゃうことが、あったような気がするなあ」

野島さんが言う。

「八色《やいろ》さんは、そういうこと、ありませんでした？」

わたしに向き直って、聞いてくる。

「そんな昔のこと、忘れましたよ」

そう答えると、野島さんは笑った。

「ぼくだって、三十歳はもう十五年くらい前のことですよ」

三十歳のころは、そういえばまだ結婚していたのだったと、ぼんやりと思い返す。カズにしてもわたしにしてもアンにしても、周囲に離婚経験者ばかりいるので、人は離婚するものだとなんとなく思いこんでいるが、世間さまの離婚率は、五十パーセントにさえ遠く満たない。けれど、野島さんも一度離婚しているはずだし、トイレットペーパーをふるまってもらった編集者も離婚経験者、この周辺も、どうやら離婚率がかなり高い。

「八色さんは、夏野和樹とお知り合いですよね」

弓田ミナトが突然わたしに聞いたので、驚いた。夏野和樹とは、カズのことである。

「夏野は、父なんです」

弓田ミナトは、はきはきと続けた。

「えっ」

どう反応していいかわからなかったので、とりあえず、驚きを表現してみた。驚きという感情は、なかなかに使い勝手がいい。怒りだの悲しみだのという方向のはっきりした感情でもなく、笑いというある意味で扱いが難しい感情表出でもない。

「母と夏野が離婚したのは、もう二十年も前のことなんですが」

弓田ミナトは言った。

「じゃあ、十歳までは、夏野さんと暮らしていたんだ」

「はい」

しめにと頼んだ蕎麦がきて、話題はそこで途切れた。そのまま弓田ミナトがカズの娘だという話は尻切れトンボに終わり、四人で店を出て解散となった。夜九時少し前の街には、人影がほとんどなかった。

　翌月の四月に、緊急事態宣言が発出された。わたしは外にパソコンを持って出て人の気配のある場所で原稿を書く質の小説家ではないので、今までの生活とさして変わりのない時間がつづいてゆくのではないかと、最初は思っていた。

　その予想は、正しくもあり、正しくなくもあった。仕事そのもののなかみや段取りは、確かにさして変わりがなかった。けれど時間の観念が、へんな感じになってしまったのだ。起きてから眠るまでの時間は、以前は均一には流れていなかった。午前中がいやに短く感じられる時もあれば、夜の時間が二日ぶんくらいの長さに思える時もあり、その中をゆらゆらと流されてゆく心地の日々だった。ただ、そのように不均一に時間が流れていることには、以前は気がついていなかった。一日は二十四時間で、自分はその中を規則正しいあゆみで進んでいっている。そんなふうに決めつけていた。

　ところが、緊急事態宣言下での生活が始まってしばらくたってから、前にくらべていやに時間がいちように流れることに驚いたのである。同時に、新型コロナ以前は、いかに自分の時間への意識があいまいだったかに気がついたというわけだ。

「誰にも会わないからか、時間が正しく流れるよ」

　と、六月、スカイプ越しにわたしはアンと話すこととなる。

アンはその時もまだカリフォルニアに足止めされていて、日本に帰っていなかった。一月末までホテルに滞在していたが、その後はずっとニナのところに居ついているという。ニナの夫は画家で、もともと農家だったコロニアルスタイルの家を買い取り、納屋をアトリエに、母屋を住まいに改造していた。業者に頼まず、ニナと夫が二人で何年もかけてこつこつ手入れして改造していったのだ。一月末に出産したニナの娘であるミアは、その実家から車で二時間ほどのところにあるサクラメントのアパートメントハウスに住んでいる。新型コロナの感染がまだ広がっていなかった二月までは、アンはニナの車に同乗し、たびたびミアを訪ねた、とアンはスカイプ越しに教えてくれた。

ニナとミアとは、「少しばかり心理的な距離があり」——というのは、以前ニナがわたしにくれた手紙に、さもなんでもないふうに書かれていた言葉である——娘が結婚してからも、ニナは娘夫妻の家を訪ねることはあまりなかったようなのだが、孫の誕生をしおに、ふたたび往き来が繁くなったのだとしたらそれは慶賀すべきことなのだろう。

「ルナは、きれいな赤ちゃんなのよ」

アンは、自慢した。

「写真、送ったよね、この前」

「見た」

「ニナも、おばあちゃんになったのよねえ。あたしはおばあちゃんになれないから、嬉しいわ」

ミアには、三歳離れた弟のショーンがいる。サンフランシスコに住むショーンは、エンジニアでゲイだ。

「ションちゃん、今どうしてる」

わたしはアンに聞いた。

ショーンに最後に会ったのは、かれが高校生のころだった。わたしの小説がその年英語に翻訳され、合衆国東部で開かれた小さな文学祭に招待された。文学祭が終了したあと、そのままカリフォルニアに飛行機で移動し、ニナのところに泊めてもらったのである。客用のベッドルームには、薄緑のカーテンがかかり、朝日がカーテン越しに差しこんで、きもちよかった。アンは今、あの時のゲストルームに滞在しているのだろうか。

当時ミアはすでに大学に入学しており、大学近くの家を友人五人でシェアしていた。ショーンはその少し前に自分がゲイであると家族にカムアウトしたばかりで、わたしが滞在していた一週間ほどの間にも、ボーイフレンドが一日おきくらいに訪ねてきていた。どうやら二人でコンピュータのプログラミングをおこなっているようで、ショーンの部屋に二人でこもる合間に、ショーンが階下のキッチンに降りてきては、巨大な冷蔵庫から一ガロン入りのアイスクリームのボトルを取りだし、どっさりとガラスの皿に盛り上げていったものだった。

そんなにアイスクリームを食べ散らかしても、コークをがぶがぶ飲んでも、ショーンはほっそりとしていた。もっと筋肉、ほしいんだけど。ショーンはぼやいたが、ボーイフレンドは、君のそのしなやかな体が好きなんだと言い、ショーンのほっぺたにキスをしてみせた。

「今のパートナーとは、三年越しみたい。これまでで一番長く続いてるって、ニナが言ってた」

家の中では、ションちゃん、とショーンは呼ばれていた。これからは、ちゃんづけは、やめて。十三歳の誕生日にショーンがそう宣言したことを、ニナは手紙に書いてきた。もう私の小さな息子は、小さな息子ではなくなってしまったみたい。手紙は、そう結ばれていた。ティーネイジャーになったんだから、しょうがないわよね。手紙のことをアンに話すと、当時アンはそう言って笑った。ニナがもうショーンとしか呼べないなら、あたしはいつまでもションちゃんって呼んでやろう、と続けながら。

パソコンのスカイプの画面に大きくうつっているアンの顔の隣に、わたしの顔が小さくある。二人とも年とったなと思う。幼稚園のころに初めて会ったのだから、年とるのも道理としか言いようがないのだが、こうして画面にうつされている自分らを見ると、年齢を重ねたことが確実になる。時間がたったんだよね。そう思ってすぐに、時間の流れがへんであることをアンに言ったのだ。

「なんだかへんって、何がへんなの」

アンは訊ね返した。

「うーん、たとえばさ、アンは小学校の頃のこと、覚えてる？」

「日本の小学校に入学した当座のことは、よっくよっく覚えてるよ」

「そんなに激しく言うくらい、いやだったの？」

「いやっていうか、困ることが多かったっていうか」

以前聞いたピアスのことをはじめ、アンもルリもニナも、日本の小学校で「してはならないこと」が、どうにも理解できなかったのだ。授業中にわからないことがあった時に、「わからない」と声をあげると、叱られた。休み時間に学年の違う子に話しかけたら、無視された。ランドセルが重かったので、教科書を机の中に置いてきたら、注意された。運動会がばかばかしいので、三人で校舎の裏で遊んでいるうちに、自分の出る競技のことを忘れてしまったら、行方不明になったかと思われ、大さわぎになった。

「でも、そのうちに慣れた？」

聞くと、アンはしばらく思案してから、

「たしか、慣れたような」

と答えた。

「小学校の頃ってさ、一日が長かったよね」

わたしが言うと、アンはうなずいた。

「でも、年くってくると、一日がどんどんたつようになって、だけど今わたし、また一日が少し長くなってる感じなの」

うまく説明できないな、と感じながら、そう言うと、アンは、ふうん、と言った。

「長いっていうか、きちんとしてるっていうか」

「規則正しい生活になったっていうこと？　コロナで」

「いや、そんないいもんじゃなくて」

「そういえばあたしは、たくさん夢をみるようになったよ」

アンが言う。

「夢」

「うん。一日は前と同じくらいの長さなんだけど、夢が前よりずっと長くなった」

「それと同じなのかもしれない。時間の中を流されるんじゃなくて、時間に捕まえられてしまっているような感じ」

「ほー」

アンが、少し退屈そうな相槌をうつ。時間の話はそこまでで終わり、アンに送る本のリクエストを受け、スカイプを切った。カズの娘に会った話をし忘れたことに気がついたのは、その日の夕方だった。


それからまた時間はいちように流れ続け、二〇二〇年、十月のはじめに、三月に対談をした都心の出版社に、久しぶりに行くことになった。文学賞の選考のためである。対談をおこなった時よりもたくさんの編集者がいたが、かわりに部屋の広さが対談の時の五倍くらいあった。広いテーブルにつき、透明な仕切り越しに選考をおこなった。編集者たちはさらに遠くに座っており、弓田ミナトの姿も三メートルほど先にみえた。

選考が終わり、送迎の車が用意できたとの知らせがくるまで所在なく待っていると、弓田ミナトがそばにきて座った。

「おつかれさまです」

「久しぶりにたくさんの人に会ったので、体がびっくりしてます」

わたしがそう言うと、弓田ミナトは笑った。

「父も、誰にも会わず、一人で過ごしているのでしょうか」

「お父さんとは、頻繁に連絡をとるの？」

「まあ、適当に。成人するまでは、一ヵ月に一回面会を続けるはずだったんですけど、そのうちうやむやになって。父に会わない方が、母が不安定にならなくて。父のこと、わたし、あの、好きなんですけど、どこかでものすごく憎んでるはずです」

弓田ミナトの頬がつややかだ。三十歳のころは体力があったなと、思いだす。体力があるから、弓田ミナトはこんな無防備なことをわたしに言うことができるのかもしれない。

「はず?」

「はい。はず。自分でも、ほんとうのところは、よくわからないので」

車が来ました、という声がして、選考委員たちがゆっくりと立ち上がった。一階までおり、ホールを抜けて外に出た。弓田ミナトは、わたしではない選考委員を見送っている。ばたんとタクシーの扉がしまり、動きはじめた。道路は混んでいて、いつもならば三十分もかからない首都高を走るのに一時間以上かかった。車に乗る人が増えましたよ。タクシーの運転手の男性が、前を向いたまま、ぽそりとつぶやいた。


外に出たので、またしばらく時間は不規則に流れてくれるかと期待していたのだが、一日が長いのは、あいかわらずだった。散歩の途中で見た小さな花やふらりと飛んでいる蝶の写真をアンに送ると、久しぶりにオンラインで話そうということになり、選考会の数日後、アンとスカイプ越しに会った。アンはよく日に焼けていた。

「この前、ミアがルナを連れて家族で泊まりにきたの」

開口一番、アンは言った。近ごろのアンからの写真や動画は、たいがいルナのものだ。生後半年のルナ。おしゃぶりをくわえたルナ。戸外で芝生にねそべるルナ。ベビーカーに眠るルナ。ミアがニナに送ったものがアンに転送され、それからさらにわたしに転送されてくるのである。

「孫的な存在って、そんなにかわいいもの？」

少しばかり閉口しながら、聞いてみる。

アンは、しばらく考えていた。わたしも何も言わず、考えるアンの顔を見ていた。たっぷり三分ほど考えたあと、アンは言った。

「そうでもないかも」

「……ぎゃふん」

はっきりと、「ぎゃふん」と発音してみせた。アンは笑った。それから背後を振り返り、ふたたびわたしに向き直ってから、

「ミアの話をするね」

と言った。

夫と娘のルナを連れて実家に泊まりにきたミアは、ルナの世話を夫とニナにほとんどまかせ、アンと近くの小さな森の中を逍遥したり湖まで短いドライブをしたりして過ごしたのだということ。

ミアと彼女の夫は、もともと週の半分くらいはリモートワークをおこなっていたのだが、新型コロナのせいで今はほぼすべてがリモートになっている。本来ならばまずはデイケアの保育園に預け、ゆくゆくは co-op 保育で両親ともに育児に携わってゆく計画をたてていたのに、のっけからコロナのためにデイケアの保育園に預けにくくなってしまった。ナニーを頼

もうにも、こちらもコロナのせいで二の足を踏む。夫婦二人でルナの世話をしつづけているものの、すでに仕事に復帰しつつ母乳をやっているミアの負担はどうしても多くなる。ニナのところに泊まりにきたのは、ミアが「もう疲れた」と言ったためだった。

ミアと彼女の夫は、二人して二週間の休暇をとった。

「すぐにそんなに長い休暇がとれるなんて、さすがアメリカだね」

わたしが言うと、アンは首をかしげた。

「日本だって、コロナの今ならとれるんじゃない？」

ミアとニナの間にある「少しばかりの心理的な距離」は、解消されたかにみえて、さほど解消されていないのかも、と、アンは言うのだった。

「そうなんだ」

「うん。ミアは、ショーンがずっとうらやましいんだって。彼はゲイだから繊細で、ニナはことさらショーンをかわいく思ってるって」

「繊細さは、べつにゲイの人の属性じゃなくて、ショーン個人の属性でしょ」

「それは正論。親をはさんだ関係になると、理性と感情はともすれば乖離しちゃうのよ」

そういえば、アンはルリとニナの三人姉妹として育ったのだった。わたしには弟がいるが、歳が少し離れているので、親をめぐってのきょうだいどうしの葛藤というものを経験せずに終わった。もしかすると、アンにもルリやニナ、そして母親との間になにがしかの鬱屈したものがあるのだろうか。

「うん。でもまあそういういろいろも、親を介護すると、溶ける、かも」

にやりとしながら、アンは言った。

「介護するまでは、溶けないの?」

「あたしのところは、そうだったなあ」

父のこと、わたし、好きなんですけど、どこかでものすごく憎んでるはずです。

そうささやいた弓田ミナトの声を、思いだした。

「そうだ、つい最近、としまえんが閉園したよ」

ルリがアメリカの大学に入学して日本を離れるまで、アンたち三人姉妹とわたしは、夏休みになると必ず何回かとしまえんに行っていたのだ。日は輝き、空は青く、セミが鳴いていた。アンのほっそりとした二の腕と、ルリのきれいなそばかすと、ニナの飴のようなにおいの甘い息。

記憶が、あふれだす。としまえんの、世界初の流れるプールの、ぬるい水と冷たい水のまじった感覚が、ありありと肌の上に再現される。あ、また時間に捕まえられる、と思った。捕まえられるままに、しておいた。

吉行淳之介だけれど、もともとは牧野信一の

「会いたいよ」

という文章が、ふきだしの中にあるのを、ぼんやり見ている。

ぶぶ、という音で目が覚めると、朝五時半だった。スマートフォンを開くと、カズからの連絡が、一分前に来ていたのだ。

「うん、会いたいね」

と返す。

恋愛をしているのでもなんでもないのに、こんなやりとりをしていると、まだ半分眠った頭で思っている。カズは、今から眠るのだろうか。それともわたしと同じように、新型コロナのもとでの生活で、早寝早起きになっているのだろうか。

カズからの「会いたいよ」は、一ヵ月半に一度くらい来る。今回の前に来た「会いたい

よ」は、十月半ば、ちょうどその前の週に、文学賞の選考会で弓田ミナトと会ったばかりだったので、驚いたおぼえがある。

「うん、会いたい」「ところでカズは千里眼的な能力って、持ってたっけ」と、その時はつづけて返したのだった。

「千里眼？」

と、すぐに返信してきたカズの言葉のあとに、どう続けようかと迷ったが、素直に聞いてみることにした。

「弓田ミナトさんに会いました、仕事で。先週」

「仕事で。先週」

おうむ返しにしてくる。

「娘さんなんだってね」

しばらく、返信が来なかった。お腹がすいていたので、夕飯のしたくを始めた。弓田ミナトと初めて会った時に聞いた話を、思いだした。たしか、停電の日に冷蔵庫の中のクラゲの酢の物とビールを食べた話だった。ちょうどクラゲもきゅうりもあったので、塩クラゲを水で戻し、なんとなく連想でキムチも食べたくなったので、冷凍してある豚バラ肉をレンジで解凍し、豚バラキムチ炒めを乱雑につくった。鍋肌におしょうゆをじゃっとたらしたら、いかにも臨場感のある音がした。

ビールをあけ、ごま油と酢であえた細切りのきゅうりと戻したクラゲを口に運んだ瞬間に、カズからの返信がきた。

「ミナトがあさにそう言ったの？」

一瞬、顎の動きが止まってしまった。カズがわたしを、あさ、と呼んだのは、いったいどのくらいぶりだろう。アメリカにいた頃は、わたしはカズのことを、半分ふざけて「カズちゃま」と呼んでいた。カズの方は、わたしを「あさちゃん」と呼んだ。二〇〇三年に、何十年ぶりかでカズにばったり会って以来、わたしの方は子どものころと同じく「カズ」という呼び名を採用していたが、カズの方はわたしを、「あなた」あるいはごくまれに「朝見《あさみ》」という正式のファーストネームで呼ぶようになっていた。「朝見」の場合は、「あさみ」でも「あさ」でもなく、あきらかに漢字の「朝見」、という雰囲気での呼びかけだった。小説家としての名前である「八色朝見」――本名でもあるのだが、考えてつけたペンネームですかと問われることも多い――の、「朝見」。べつに何とも感じていなかったつもりだったが、こうして「あさ」と呼ばれてみると、わたしは、カズとは少しことなる位相にいたのだ、ということが突然わかってしまった。わたしを「朝見」と呼ぶカズだけが、今この場所にいて、「カズ」とそのまま口にしていたわたしはまだ、アメリカのあのカリフォルニアの町にしっぽがつながれている、というような。

「うん。『夏野は父なんです』って」

「アジャパー」

というのが、カズからの返信だった。しばらくしてから、ユーチューブの音源が貼りつけられてきた。うつっているSP盤の画像には「アジャパー天国」とある。唄っているのは、泉友子と伴淳三郎。伴淳は知っていたが、泉友子は知らなかった。男女のかけあいの小唄だった。

「なにこれ」

「作詞家の教養です。ちなみに、アジャパーは、伴淳三郎がはやらせた言葉」

ビールがお腹にしみた。面倒になったので、もう返事は出さなかった。そういえば、カリフォルニアにいたころ、ウリノさんがしょっちゅう「アジャパー」と言っていた。母のそばに寄っていっては、「美人ね、あなたは」とウリノさんは言うのだが、そのたびに母から「それはそれはありがたいことで」といなされ、そのたびに「アジャパー」とおどけてみせたのだった。

もし今ここにカズがいたら、わたしは弓田ミナトが選考会の後につぶやいていた言葉を伝えただろうかと、しばし考えた。たぶん伝えなかっただろう。なぜなら、弓田ミナトは、わたしがその言葉を伝えるかもしれないと、ほんのわずかだけれど、期待しているにちがいないからだ。

さて今は、いつだったかと、ベッドの中でしばし考える。二〇二〇年の十一月だ。十一月なかばの、朝五時半。カズから久しぶりに連絡がきたところ。今日はたぶん晴で、わたしはこれから二時間くらい、ベッドの中で本を読むことだろう。

「会いたいよ」という、カズからの言葉を、まだうすぐらい部屋の中で光っているスマートフォンの画面の上に、じっと眺める。そのうちに、ほんとうに会いたくなってきた。四月から、わたしはほとんど母と父以外の人に会っていない。新型コロナ感染拡大以前も、たまにカズやアンと会う以外はひたすら家にこもって仕事をする日々だったと思っていたが、編集者と打ち合わせをしたり何かを見たり聞いたりするために出かける時間は、振り返ってみれば、存外多かったのだ。

新型コロナというものが生活の中に侵入してくる前は、打ち合わせというのはつまり、新しく始める連載の話などをほんの少ししたあと、編集者とゆっくりお茶を飲んだりご飯を食べたりすることだった。実務的な話よりも飲食や非実務的な会話に時間を多く費やすにもかかわらず、それは決して無駄なものではなく、あまり意味がなく思えるコミュニケーションを一定時間とることによって、その後共に仕事をおこなう時の親密感が増し、何かトラブルがあった時に解決しやすくなる可能性がある、という目的にのっとった行動だった、はずだ。

四月以降、そのような打ち合わせはすべて電話かオンラインでおこなわれるようになり、その電話やオンラインでのやりとりは、掛け値なしの、真の「打ち合わせ」の会話からなりたつようになった。ただ、今まで意味がなく思えるコミュニケーションを一定時間おこなったことのある編集者との電話などだと、用件が終わったあとにいくばくかの雑談がつづく。時間にすればほんの数分の雑談だが、体の中の何かがほとびる心地となる。好んで居職をおこなっている自分は、仕事相手に会わなくとも平気だと、長年の間、他人を必要としない自分の強靭さにはんぶん自負を、いっぽうで他人を必要としない自分の狭量さにはんぶん忸怩たる思いを、いだいていたのだが、実はそれほど強靭でも狭量でもなかったのか。

二〇二〇年の七月から八月にかけて次第に増えていった感染者数が、九月になって少しだけ減っていた。この前実家を訪ねた時に母とかわした会話を、ベッドの中で反芻してみる。

マリエさんの思い出ばなしをしたのだ。母とマリエさんは、ずっと仲がよかった。マリエさんが離婚して日本にアンとルリとニナを連れて帰ってきてからは、ちょうど今のわたしとアンがしばしば会っているような頻度で、母はわたしを連れてマリエさんの住む小さな家を訪ねたものだった。マリエさんのところに行く土曜日の午後、小学校の授業が終わると、そのままわたしは家に戻らず駅に向かった。改札口に立つ母の姿がみえると、わたしはいつも駆けだした。お腹がすいていたのと、母の姿をみつけて嬉しかったのとで。ランドセルのなかみがことこと鳴った。

一回電車を乗り換え、マリエさんの家のある駅に着くと、歩いて十五分ほどの道を、母と手をつないで歩いた。途中にある和菓子屋で、春ならば桜餅を、初夏ならば柏餅を、それ以外の季節は豆餅を、おみやげに買った。マリエさんの作ってくれるお昼は、たいがいチャーハンだった。うちのチャーハンには、卵とネギとしらす干しが入っていたが、マリエさんの作るチャーハンには、ピーマンとにんじんと玉ねぎとチーズとゴマが入っていた。夕方までわたしはアンたちと遊び、その間マリエさんと母はずっとおしゃべりをしていた。たまに喧嘩がおこると、マリエさんも母も「ふーん」という顔で、わたしたちを眺めた。そのうちに喧嘩に飽きてまた遊びはじめると、マリエさんと母はインスタントコーヒーにクリープをいれてかきまぜながら、またおしゃべりに戻っていった。

「マリエさん、去年の暮に施設に入ったでしょう」

わたしが母に言うと、母はうなずいた。

「アンは二月からずっとアメリカのニナのところにいるから、今はルリがマリエさんのところに通ってるんだけど、コロナのせいで、まだガラス越しにしか面会できないんだって」

「あら、それはさみしいわね」

母はそう言ってから、笑った。八十歳を過ぎたころからだったろうか、どんな話題の時にも、自分が何か言ったあと、母は笑い声をたてるようになった。可笑しい、という意味の笑いでもなく、皮肉な笑いでもなく、何やら乾いた不思議な笑いである。

「マリエさんて、昔も今も、すてきだよね」

去年アンが見せてくれたマリエさんの写真を思いだしながら、母に言う。しわがふえ、髪が少なくなった写真の中のマリエさんは、昔と同じく粋だった。

「そうね。美人っていうのじゃないけど、いつもかっこいいのよ、あのひとはたしかに。でも、男を全員かっさらう感じがしたわよ」

え、と、わたしが母を見返すと、母はまた笑い声をたてた。

「そんなに恋のさやあてみたいなことが、あのころ、大人たちの間に起こってたの？」

「いやまあ、恋まではいかなくても、ほら、誰が誰に好意を持っているかって、なんとなく、わかるじゃない？」

母、笑う。

「それ、いつぐらいのこと？」

「さあ、二十代から七十代くらいまで、マリエさんはいつも男の人を惹きつけてやまなかったんじゃないかな」

母、笑う。

「そのあとは、男の人はもう来なくなったの？」

「どんどん人数が少なくなっていくからね」

母、笑う。

笑い声をたてている母の顔は、さほど笑っていない。姉妹の中では、アンがいちばんマリエさんに似ている。アンも男の人を惹きつけてやまない人生なのだろうか。わたしにはさっぱり判断がつかない。そもそも、誰が誰に好意を持っているかということも、わたしにはよくわからないのだ。カズに会いたいな。口にだして、つぶやいてみる。

カズとは、その一ヵ月後、二〇二〇年の十二月に会うこととなる。

二人で会う約束をしたのではない。ばったり会ったのだ。といっても、いつぞやのように店に入ってばったり会った、というようなものではなかった。ラジオ番組のゲストに招かれたその先で会ったのだ。ラジオ番組は三十分ほどのもので、以前ならばブースの中にパーソナリティーとゲストが入り対面で会話をおこなっていたのだろうが、感染予防のために、それぞれがことなるブースに入って、大きなヘッドホンをつけ、そのヘッドホンを通じて相手の声を聞きながら、対面ではなく遠隔で会話をするという方法で録音した。顔は見えないが、声だけは聞こえる。電話でおこなう会話と同じだった。初めて会話をかわす相手だったので、少し不安はあったが、ここでしゃべり終えます、というめりはりのつけ方を上手におこなってくれたので、対面でしゃべっているのとさして変わらぬなめらかなやり取りができた。

終了し、ほっとしていとまを告げ、廊下を歩いてゆくと、向こうからカズがきた。マスクをつけていても、すぐにカズだとわかった。

「なんだ、会えたじゃない」

というのが、カズの第一声だった。

「仕事?」

「うん。終わったとこ」

「わたしも」

「運命だな」

「だね」

タクシー券を二人とももらっていたので、一緒に乗って帰ることにした。運命は二人を乗せて、高円寺まで走った。カズのマンションは駅から二分ほどのところにある。少しだけ、どう?　カズが小さな声で聞いた。うんまあ。わたしも小さな声で言い、カズがタクシー料金を券に書きこむのを待つ。

まだ日は高かった。マンションとは反対の方にカズは歩いてゆく。

「昼から飲める店」

「飲むの?」

「二週間誰にも会ってなかったんだ。人恋しい」

人恋しい、というカズの素直な言葉に、一瞬胸をつかれた。昔は、こんなふうな素直な言葉は使えなかったなと思う。

店は喫茶店だった。焼き鳥とポテトサラダを、カズは注文した。

「ここ、喫茶店だよね」

「うん。焼き鳥とポテトサラダのある喫茶店」

ビールがすぐにきた。少し離れた隣の席には、幼稚園くらいの女の子とその母親らしき二人連れが座り、女の子は絵本を、母親はスマートフォンをじっと見ている。女の子の前にサンドイッチ、母親の前にはナポリタンの皿がある。

無言でジョッキを打ち合わせ、飲み干した。外で何かを飲み食いするのは、九ヵ月ぶりだ。たしか、つげ義春についての対談をした時以来だ。

「先月、ここでミナトと会った」

「そうなんだ」

「ご機嫌うかがいしたいって」

「ビール、飲んだ?」

「そりゃ、飲むさ。娘と二人なんて、酒でも飲まなきゃ所在なくて」

「大人になった息子や娘と二人でお酒を飲むのって、父親の夢じゃないの?」

「小説家のくせに、夢、とか言うの?」

「悪うござんした」

「小説書かないかって、頼まれちゃった」

「おお」

たしかにカズに小説を書かせたら、ちょっと面白いかもしれない。

「書くの？」

「どう思う？」

「いいかも」

そう答えながら、何かもやもやしていた。でも、いったい何に？

「ミナトについて、どう思う？」

カズは話題を変えた。

「どうって、まだ二回しか会ったことがないし」

「あいつ、闇があるよな」

「それ、誰にでもあるでしょ。特に若いころはさ」

「おれのせいかな」

「闇が？」

「うん、闇が」

「しょってるよ、そんな影響力、ないんじゃない？」

そうか。突然、ふにおちた。わたしは、淋しく感じたのだ。カズが小説を書いたとしたら、もしかするとわたしの面影が中にまぶしこまれるかもしれないことを。小説を書くとき、わたしはきっと自分の中に今ある何かを中にまぶしこむ。おととい聞いた鳥の声、歩いた道でみつけた白い花、駅ですれちがった親子のうしろ姿の印象。けれど、それらを小説の中にまぶしこんでしまうと、それらについての記憶は、わたしの中から消え去ってしまう。書かれたことでそれらは文章の中に永遠にとどまるが、わたしの中からは抜け出ていってしまうのだ。

カズのことを、そういえばわたしはまだ小説の中にこっそり忍ばせていない。かんたんに小説の中にもれでてしまうものもあれば、なかなか出てこないで、自分の中の固い殻の中にずっと隠れつづけるものもあり、そのどちらになるのかは、自分では差配できない。自分で書いている小説なのだけれど。

わたしのことを、書かないでね。

少し酔っぱらった頭の中で、カズに頼んでみる。

「なんか、色っぽいね、どうしたの」

「色っぽい?」

「おれのこと、好きになった?」

「いや、べつに」

「即答かよ」

「もともとけっこう好きだし」

「そういう意味の好きじゃなく」

「ナポリタン、頼もうよ」

二時間ほど喫茶店で飲んだあと、割り勘で会計をした。店を出たらまだ日が暮れ残っており、犬を連れた婦人が、わたしたちのことを迷惑そうな顔で見た。マスクをするのを忘れていた。カズはゆっくりと、わたしは多少あわてて、ポケットからマスクをだし、ひもを耳にひっかけた。タクシーが発車するまで、カズは見送ってくれた。


「『きゃっと叫んでロクロ首』は、吉行淳之介だったよな」

という文章がカズから送られてきたのは、その翌日のことだった。昨日会ったのに、すぐにまた連絡がくるのは、珍しい。

きゃっと叫んでろくろ首、という言葉は、ふつかよいの朝にわたしもしばしば心にうかべる言葉だ。自分の昨夜の言動をかえりみて、布団の中にいるのに、さらに布団をひっかぶって「きゃっ」と叫び、その瞬間首が長くのびてしまうくらい恥ずかしい、という感覚である。

本棚をさがすと、表紙が焼けた吉行淳之介の『不作法のすすめ』が隅にあった。大学生の時に読んだものだったか。ぱらりと開くと、

「『面目ない』ことを犯した場合は、長くそのことが傷となって私の心に残る。長い時日が

経って、全く心の表面から消え失せたようになっていても、なにかのキッカケでなまなましく記憶がよみがえり、傷が痛むことがしばしば起る。そんなときには、

『あ、あああ』

と、私の喉の奥でわれ知らず、声に似た音が鳴るのである。

この経験のある人は、沢山いることだろう。傷が痛みはじめるときの反応は、各人各様で、たとえば作家の牧野信一は、その状況を、

『キャッと叫んでロクロ首になる』

と、表現し」

とあった。

「吉行淳之介だけれど、もともとは牧野信一の言葉みたい」

と返した。人をろくろ首にさせるのは、たまたま前の日にした失言のような、時間の積み重ねをまだ経ていないできごとではなく、もっと昔から胸の奥に沈潜している、どちらかといえば決して思いだしたくもないようなできごと、けれど抑えこんでもふと浮かびあがってきてしまうもの、なのである、と吉行が書いていることを、すっかり忘れていた。

「ろくろ首になるようなこと、あるの？」

問うてみる。

「いろいろ、ある」

カズをろくろ首にさせるのは、いったいどのくらい前に沈潜したことなのだろう。どのくらい深く沈潜しているものなのだろう。それ以上の返信は出さず、昼食にとうどんをゆで始めたとたんに、胸の奥がひやりと裏返った。

別れた夫についた嘘を、突然思いだしたのである。

――あなたのこと、これからもずっと一番好きだと思う――

離婚届を出したあと、最後に二人でコーヒーを飲みながら、わたしが口にした言葉である。

いやな女だよね。声をだし、自分に向かって言ってみる。タイマーが鳴った。うどんをざるにあげ、どんぶりに移した。卵を一つ割り入れ、少しの醬油とゴマをかけ、よくかきまわしてから、すすった。いやな女だよ、わたし。またつぶやきながら、盛大にうどんをすする。おいしい、と、面目ない、が混じり、今まで食べたことのない味の釜玉うどんになった。

不眠症の伯爵のために

「少し話がしたいんだけど」

という連絡がカズから来たのは、二〇二一年一月の終わりだった。二〇二〇年の暮れまでは落ちついていたコロナの感染者数が、ふたたび増えはじめていた。ちょうどその少し前に、アンがカリフォルニアから帰国した。一年近くアメリカに滞在していたのだけれど、そろそろ時機かなと思って帰ってきた、とアンは電話で言っていた。カリフォルニアで直前にPCR検査を受け、さらに成田空港でもPCR検査を受け、公共交通機関での移動はしないでくださいと「要請」されたので、三万円も出して「ウイルス対策ハイヤー」に乗ったのだと、アンは話してくれた。

「それが、先週のこと」

「成田での検査の結果はどうだったの？」

「陰性だったよ」

そりゃよかった、とわたしはまぬけな相槌をうった。

「でも、これからあとまだ一週間、家にこもってなきゃならないんだ」

「ちゃんと政府の要請に応えるんだね」

「うん。たいがいのことは聞き入れてこなかった人生だけどね。珍しいよ、ほんと」

「毎日の生活は大丈夫ですか？　何か手伝えることがありますか？」

と、英会話の練習文のような問いをアンにしながら、わたしはアンの声をなつかしく聞いていた。アンがカリフォルニアにいる間も、オンラインで画像つきで何回か喋っていたのだけれど、直接耳に侵入してくるような電話の声は、端末のスピーカーからの声とは違う印象をもつ。アンの声を、わたしの耳が、強く吸いこんでゆくようだった。

カズに電話をしたのは、カズから連絡が来た次の日だった。その日にすぐ電話をしなかったのは、「話がしたい」という言葉が、ほんのわずかだが、重ったるかったからである。スマートフォンをぽつぽつ指先で繰って電話をかけると、カズはすぐに出た。

カズとは、少し前に会っていたからか、アンとの電話の時のように、カズの声をわたしの耳が吸いこもうとする感じはしなかった。反対に、カズの声がうまく耳に入ってこない。

「なんか、声が低くない？」

「そう？　そうかも」

いつもより、口調もゆっくりだ。

「で、どうしたの」

「いやおれ、コロナにかかったかも」

えっ、と喉にもどるような声をだしてしまった。

「昨日検査して、結果待ってるところ」

「でも、電話はできるんだ」

「熱が三十八度少し、喉が痛い。匂いはする」

「大丈夫なの？」

「大丈夫か大丈夫じゃないか、まだわからん」

「落ち着いてるね」

「昨日少し取り乱したんで、今はおさまってる」

「どんなふうに取り乱したの？」

「あなたに連絡した」

「ほかの人にも連絡したの？　ケアしてくれる人とか、いるの？」

「ミナトに、した」

「ああ、担当編集者だしね」

カズは、少しの間、沈黙した。それから、先ほどよりも少し低くない声で、

「小説書かないかって言ってくれてなきゃ、連絡できなかったよな」

と答えた。

「何か、してほしいことある？」

「今んとこ、手伝いはまだいらないかな」

「にしても、声が最初より元気そうになってるよ」

「ってことは、あなたに甘ったれてるのか、おれ」

何かあったらいつでも連絡してくるようにと約束し、それからじきに電話を切った。

椅子にすわり、テレビを点けたが画面も音声も意識に届いてこない。椅子から立ち上がり、テレビを消し、シンクにつけてあった皿を二枚とコップを一つ洗い、洗濯ものをとりこみ、それでも気がそぞろなので、マスクをいつもより厳密にかけ、近くのコンビニエンスストアまで行った。プリンとポカリスエットと冷凍ミカンを買い、部屋に戻るころには、ようやく足もとがふわふわしなくなった。カズからは、その日はもう連絡はこなかった。

昨日コンビニエンスストアで買ったものは、自分が風邪などひいた時に買うだろうものだったことに気はついていたけれど、だからといってカズのところにもってゆくつもりがあったわけではない。

ちょうど連載小説の〆切が一つ週末にあった。パソコンに向かい、それまで書いたところを読んでゆく。読み始めてしまえば、カズのことは忘れる。推敲する。また推敲する。

書きあがった小説の推敲はあまり好きではないが、書いている途中の推敲は、好きだ。理由はよくわかっている。途中のものには執行猶予がある。けれど仕上がったものは、自身の批判による処断の対象でしかなくなるからだ。読者や評論家がどんなにひどく批評したとしても、自分自身で自分を批評する時よりも厳しいことは、ほとんどないものだ。なぜなら、書いた本人こそが書かれたものについて知悉しているのだから、その欠点もいちばんよくわかっているのである。例外があるとすれば、それは同業者からの批判かもしれない。そういえば、

「わたしの小説の悪口は、わたしがいちばんうまく言えるよ」

と、いつか酔っぱらって同業者に言ったら、

「え、ほんと？　言ってみ。もしかしたらあたしの方がうまく言えるかも」

と彼女は答えたのだった。

「え、あなた、それほどわたしの小説を愛してくれてるの？」

「えへへ、まあ、愛してるかどうかわかんないけど、悪口芸だと、あたしの方が八色より上だと思うよ」

「なるほどー」

たしかに、その同業者の小説はたいへんに深い考察に裏うちされ、豊かな語彙によって表現されている。彼女が本気で悪口を言ったなら、それはたいへんに見事な悪口となることだろう。

「じゃ、言わないことにする。こわいから」

「なんだ、へっぽこだね」

「へっぽこ上等。しばらく小説書けなくなるくらいダメージを受けたくないもん」

「ところでさ」

と、話題はすぐに違う方向に流れていったのだけれど、夜中ふと目覚めてしまった時に、れいの「キャッと叫んでロクロ首」よりはもう少し安穏に、そのせつの会話を思いだすことは、時おりあるのだ。わたしの小説の悪口を、彼女はおそらくわたしに言わせたくなかったのだ。そして、口にはださなかったけれど、心の中でつけ加えていたにちがいない。それはなんか結局、自己陶酔してるのと一緒だよ、と。


推敲が終わってしまった。これからまた、まだそこには存在しない文章をひねり出さなければならないのだ。ああしんど。つぶやきながら、キーボードに指を走らせる。しばらくすると、指が止まる。空をにらむ。ふたたび気持ちがカズに向かいはじめる。画面上の文章の意味をとれなくなる。カズの顔ばかりがうかんできて、一つの行を何回も繰り返し読んでしまう。

あきらめて、冷蔵庫から冷凍ミカンを一つ取りだした。すでに解凍され、やわらかで湿ったミカンとなっている。乱暴にむき、二房、三房ずつ、口に放りこむ。味はほとんどしない。パソコンにとりこんであるバッハの曲を聞こうと、プレイリストを呼びだす。ゴールドベルクの最初のアリアから、第五ヴァリエーションまで聞き、第六ヴァリエーションに入ったところでますます落ち着かなくなったので、ヴァリエーション二十五の悲しげなアダージヨまでとばし、最後のアリアまで聞いた。不眠症の伯爵のために作曲されたといわれるこの変奏曲は、たしかバッハが五十代の時に楽譜となって世に出たのだったか。バッハは二十人の子をなした。けれど、そのうち成長したのは、十人だった。しめのアリアのあたりで、ようやく少し落ち着いた。プリンも出してきて、食べた。もう今日は原稿を書けないなと思い決め、散歩に行くことにした。マスクがいつもよりもっと顔にまとわりつくような心地になりながら、速足で歩いた。


翌日の午後になってもカズからは音沙汰がなかった。よほどこちらから、

「検査の結果はどうだった?」

と連絡しようかと思ったが、とどまった。午後六時、スマートフォンが鳴った。出ようとしたら、切れた。呼び出し時間が短いのを、どのように設定しなおして長くするのか調べようとして、そのままになっているのだ。あせってこちらからすぐにカズへと発信する。

「ああ」

というカズの声がした。

「どした?」

「うん。陰性だった」

「熱は?」

「下がった」

「風邪だったの？」

「新型コロナじゃない風邪だったみたい」

「もう元気？」

「よくわからん」

視界がさだまらないのだと、カズは言った。汗をたくさんかいて熱は下がった。食欲もある。さっき風呂にも入った。頭もさほどぼんやりしていない。

「でも、目に見えるものが実体感をなくしてる」

「実体感？」

「そこにあるのに、ほんとにあるのかあやふやなような」

「それ、まずいんじゃない？　精密検査が必要かも？」

「いや、あくまで主観の問題だと思うけど」

カズの声が、心なしかいつもよりも空気をふくんでいる。

「ともかくよかったよ」

「ベッドでさ、眠れずにただ横たわってる時、昔の知り合いのことを、突然思いだした」

「女のひと？」

「いや、男」

「聞いてもいい話？」

「気が向いたら、聞かせるよ」

カズの背後で、音楽が鳴っている。音が小さくて、メロディーまでは聞きとれない。弦楽だろうか。

「ミカンって、好き？」

聞いてみる。

「柑橘類はすっぱくて苦手。じゃね」

唐突に、カズは電話を切った。昔の知り合い。カズの言葉を思い返してみる。わたしにとっては、カズも「昔の知り合い」である。と同時に「今の知り合い」でもある。「昔」は、いくつかの時代に腑分けされ、自分の中で脈絡なく積み重なっている。まじりあったそれらを、もう一度掘り返して眺めるのは、体力を消耗することにちがいない。体力のない時なのに、さらに体力を消耗することをしてしまうのが、カズらしいなと思った。

ミカンをむき、今日は一房ずつていねいに食べた。すっぱくも甘くもなかった。


カズから次の連絡があったのは、翌週である。

「なんか、語りたいかも」

と書いてある。

「もしかして今、孤独、な感じとかなの？」

「いや、こないだの、昔の知り合いの話。なんだよ、孤独、って」

「しまった。夢とか孤独とか、カズとだと、うかつだなわたし」

そう書こうとしている途中で、電話の着信音がした。カズからだ。並んだ文字を、逆から消してゆく。消している間に、また電話が切れてしまう。かけなおす。

「なんで切っちゃうの」

カズがぼやいた。

「じゃなくて、自然に切れちゃうの」

「それ、どうにかしてよ」

「検討しとく」

「で、語ってもいい？」

「面白い話？」

「わかんない。小説に書こうかと思ったけど、めんどくさくなった」

「一度喋っちゃうと、もう書けなくなるかもだよ」

「書かないから、いい」

カズの声が、今日はよく耳に吸いこまれる。よく晴れた日だ。空がうす青い。冬の晴れた日の空と、春の晴れた日の空は、色が似ているのに、高さが違う。

「小型テレビって、知ってる？」

カズは聞いた。

「小型のテレビ？　って、そのままか」

「小型も小型、てのひらに載るくらいの小さなやつ」

「それは知らない」

小型テレビを、その男はカズにくれたのだという。

「三十代のはじめくらいだったっけな。てことは、三十年くらい前か」

がさ、と電話の向こうで音がした。カズの声が少しくぐもる。

「寝そべった？」

聞くと、カズは、さらにくぐもった声で、うん、と答えた。

設楽《したら》というその男は、カズの大学時代の友だちだった。カズが高校生のころから参加していた貿易会社の起業メンバーの一人で、カズが独立して会社を作る少し前に、やはり独立して輸入家電製品を扱う会社を作った。フランス製の小型の冷蔵庫やイタリア製のブレンダーやエスプレッソマシン、アメリカ製のアイロンに掃除機。店舗を持たず卸しに徹したカズとはことなり、設楽は代官山に小さな店舗をかまえた。一角にはバーコーナーもつくり、都心に住む富裕層の顧客を引き寄せた。

「そいつ、ほんとの家電マニアでさ」

「マニア」

「今だと、オタク？」

「家電マニアっていう分野があるのか」

「でも設楽は、ほんとは海外の家電じゃなくて、日本の家電の方がずっと好きだったんだよな」

店にはほとんど並べなかったが、設楽は個人で日本の家電をコレクションしていた。その中でもっとも幅広く集めていたのが、小型テレビだったのだという。

「一緒に飲みに行くと、いつもポケットから小型テレビを取りだしてテーブルにのせてさ。で、音量はゼロにして、画面だけつけとくの」

「どんな番組を見るの？」

「落語とか、漫才とか、あとは歌番組」

「音がないと意味ない番組ばかりじゃない」

その欠落感がいいんだ、と、設楽はいつも言っていたそうだ。かなり面倒なタイプではある。

「お店の人、びっくりするでしょ」

「行きつけの店にしか行かない男だったから」

「テレビは困りますって言われたら、どうするの？」

「一度それで店と喧嘩して、警察呼ばれてた」

やはり面倒なタイプである。

設楽は、カズが三十歳になってしばらくしてから、事故にあった。脊髄損傷で車椅子にのるようになり、海外への買いつけに行きにくくなった。それで、代官山の店舗は閉めて保谷に店をうつし、いよいよ日本の古い家電製品を扱うようになった。

「そのお店なら、行ってみたいな」

「代官山は、だめか」

「代官山って、大正時代は森で、イタチやフクロウがたくさんいたんだよね、たしか」

けれど、保谷の店はうまくゆかなかった。今ならばアンティークの国産家電製品の店は成り立ったかもしれないが、バブル景気の当時はまったく見向きもされず、そのうちに設楽は店を経営することよりも、家電製品の蒐集の方にのめりこんでゆく。一年ぶりにカズが保谷を訪ねた時には、店はすでに倉庫のようになっており、入り口からレジまで、設楽の車椅子の幅きっちりの広さの通路を残すのみ、通路の両側には、いつ製造されたかわからない家電製品がうずたかく積み上げられていた。

「店の扉を開いたら、通路に設楽がいて、車椅子に座ったまま、おれの方を見るの。で、いらっしゃいませ、って言うんだけど、その顔が、前の設楽とちがう顔になってたんだよ」

「ちがう顔」

「よくなったとかへんになったとかいうんじゃなくて、知らない設楽になってた」

知らない設楽。知らないカズ。知らないアン。設楽の顔は知らないので、あとの二人について、ちがう顔になったところを想像してみる。できなかった。そもそも、その二人がどんな顔をしていたかすら、うまく思いうかべられない。カズもアンもその姿は、いくつもの時間のそれぞれのものが混じりあいからまりあっていて、一つの像に固定することが難しい。

「知らないひとになってて、よかったね」

「よかった？」

「ずっと同じ顔なのって、なんか、かえってへんじゃない？」

ゴールドベルクが、頭の中で鳴った。いくつものヴァリエーションが間にはさまり、最後は最初のアリアと同じメロディーのアリアで終わる変奏曲。同じ表情の表の顔と裏の顔の間に、さまざまな時間の表情がはさまっているみたいな？　でも、表の顔と裏の顔が同じなのは、少しこわい。

「設楽はその日、おれに小型テレビをくれたんだ」

「その、倉庫みたいなお店に積み上げてある製品の中から？」

「うん。小型テレビばかりの一角のてっぺんにあったのを、ひょいと取って、おれのてのひらにのせて」

設楽は、電池も十本つけてくれた。

「で、それ以来、ポケットから取り出して、カズもお店のテーブルにいつも置くようになった？」

「一回だけやってみたけど、その時一緒だった女にはすぐにふられたよ」

眠れないんだ、と、カズがぽつりと言う。設楽はその十年くらい後に自殺した。遺書は残されていなかった。葬式は、昔の貿易会社の仲間で出した。設楽は身寄りのない男だった。設楽の小さなマンションに通っていたハウスキーパーとカズたちだけの、ささやかな葬式だった。

「小型テレビって、すごく電池をくうから、設楽は小型テレビの入ってない方のもう片方のポケットに予備の乾電池を入れてたな。だからいつも両方のポケットがぱんぱん」

設楽にもらった小型テレビを、カズはまだ持っている。

「アナログ放送が終わっちゃったから、もう使えないんだけどさ」

「それまでは、使えたの？」

「うん、ときどき、一人で夕飯食ってる時に、サッカーや野球見たりした」

電話をかけながら、パソコンで「小型テレビ　昔」と検索してみる。何枚もの写真があらわれた。アンテナがついていて、画面は本体の半分から三分の一ほどの大きさだ。

「設楽、今何してるんだろう」

カズが、ぽつりと言った。

すでにこの世界にはいない知人が、今何をしているのか、そういえばわたしも時おり考える。ヘリコプターの音が、上空からぼたぼたと降ってくる。じきに日が暮れる。

その夜、ふたたびカズの顔を思いだしてみようとしたが、やはりうまく固定できなかった。眠れないんだ、という声は、音としてはっきりと再現できるのに。電話の最後に、カズはカリフォルニアのアパートメンツのすぐそばを流れていたクリークの話をした。少し上流に短い橋がかかっていたが、子どもたちは水流の中の石を踏んで渡った。近道だったのだ。

「あのクリーク、流れが速かったから、ちゃんと橋を渡れって、いつも親たちは言ってただろ」

「うん」

「でも橋を渡ると、家に帰れない気がして」

「なんで」

「橋を渡っちゃうと、その瞬間、自分の家だけど偽の家に変わっちゃうの。父も母も偽ものになって」

　子どものころ迷いこんだ、いくつもの場所を思いだしてみる。今自分のいるこの場所も、偽の場所なのかもしれない。それもまた良し。つぶやいて、目を閉じる。一度も見たことのない小型テレビというものの画面に、桂文楽の「明烏《あけがらす》」がかかっている。雑音にかき消されて、文楽の声は聞こえない。文楽のとがりぎみの耳が、小さな画面の中でさらにとがってみえる。テレビで文楽を見たことはなかったはずなのになと思っているうちに、じきに寝入った。

二番めに大切なものを賭ける

マーヤはどうしているかなあと、アンが言っていたのが先週、二〇二一年の四月末のことだったのだが、そのマーヤから、葉書が届いた。

マーヤはアンの高校時代の同級生である。当時アンの家に遊びにゆくと、たいがいマーヤも遊びにきていて、すぐに親しくなった。土曜日の午後に、マーヤ、アン、ルリ、わたしで麻雀をするのが楽しみだった。ニナはその時間は塾に通っていた。ニナはアメリカの大学に行きたいらしいのよと、三人姉妹の母親であるマリエさんは言っていた。

マーヤと卓を囲む時には、必ずわたしたちは何かを賭けた。小さなマスコット人形や髪ピン、シールや便箋など自分の持っているものを賭けることもあったし、最下位の者が洗濯ものをとりこむ、玄関の前を掃く、アイスを買ってくる、というような賭けもした。

いちばん強いのはルリで、次がわたし、アンとマーヤはたいがい最下位を争っていた。マーヤには賭けをする時の験かつぎがあり、それは、「今持っている中で二番めに大切なものを賭ける」ということだった。二番めって、どうやって決めるの？　アンが聞くと、まあ、適当だけど、というのがマーヤの答えで、どちらにしてもその二番めに大切なものを、ルリかわたしにまきあげられることが多かった。

マーヤは蜂谷蜜子という名である。蜂に蜜というふざけた取り合わせの名を考えたのは父親で、マーヤはその父親を嫌っていた。娘が父親を煙たがる、というふうなものではなく、どちらかといえば憎んでいるという方が近かった。

「人として、相性が悪いんだと思う。あと、夫としても、だめ」

と、いつもマーヤは言っていた。

男はきらい、と公言してはばからなかったマーヤは、

「この家には男がいないから、楽」

とも言っていた。

そんなにだめな夫なのに、お母さん、離婚しないんだ？　アンはいつも不思議そうに訊ねていた。うん、離婚しちゃえばいいのにね、でも無理だと思う、だってうちの母、父のこと保護してるんだもの。というのがマーヤの答えで、保護かあ、そういうのは、ちょっとわかるかも、と、アンが言ったことを、うっすら覚えている。

アンとマーヤは大学生になり、その二年後にわたしが大学に入学してからは、互いの大学の中間点あたりにある大きな公園で、しばしば時を過ごした。公園には桜の木が多く、花見

の時期にはこみあったが、それ以外の時は閑散としていた。小さな池の端にあるベンチに三人で座り、マーヤは牛乳の、アンとわたしはコーヒー牛乳の紙パックを買いこみ、ゆっくりとストローで吸いながら、とりとめのない話をした。

大学三年の秋にアンにボーイフレンドができてからは、マーヤとわたし二人で会うことが多くなった。

「アンは恋するようになっちゃったよね」

時おりマーヤは、不満そうにつぶやいた。

「マーヤは好きな男のひとはいないの？」

聞くと、マーヤは顔をしかめた。

「いない」

「女のひとも？」

「女とも男とも、恋はしなくていいな」

「これからずっと先も？」

「うん、未来永劫」

未来永劫という言葉に少しばかり胸をつかれて、空をあおいだ。はずみで足が土を蹴り、地面を歩いていた鳩が飛びたった。

大学を卒業するとマーヤは中学校の教師となり、数年前に定年となった。結婚は、今もしていない。はずだ。

「へんな世の中になったね。お元気でしょうか。会いたいねえ」

葉書にはそう書かれていた。

「追伸　携帯の番号、念のために書いておきます」

とも。

すぐに電話をすると、呼び出し音が一回鳴るか鳴らないかという早さでマーヤが出た。

「会いたい、っていう言葉を、こんなふうに使う時代が来ようとは」

というのが、マーヤの第一声だった。十年ほどマーヤとは会っていなかった。最後に電話で話したのはマーヤが定年になった直後だったから、こうして声を聞くのも五年ぶりくらいだ。疎遠になったというのではなく、知らない間に時がたっていた。

「だから、会おうよ」

とマーヤはつづけた。

「晴れてるし」

とも。すぐに三日後の待ち合わせを決めた。郊外にある美術館の展覧会を見にゆきたいとマーヤは言ったのだった。

三日後も、よく晴れた日だった。人にきちんと会うのは一ヵ月ぶりくらいである。駅から美術館までの道を並んで歩いていることが不思議だった。

「みんなマスクしてるね」

マーヤが言う。

「そりゃまあ」

角を曲がったところの縁石に男が座っていた。マスクはしていない。しきりにつばを吐いている。ワンカップを手に、何ごとかをつぶやいてもいる。突然「畜生」と叫んだ。「ばかやろう」とも。

「あのひとの気持ち、ちょっとわかる。全員がマスクのこの時代、マスクをあえてしてない感じも」

男から離れてから、マーヤはつぶやいた。

「ただ、あんまり語彙のないひとだったのが残念」

「畜生、とか、ばかやろう、とか思った時、じゃあ、マーヤならどんな表現を使う?」

うーん、と、マーヤは考えこんだ。詩みたいなのがいいかも、韻踏んだりして。ラップな感じ? ラップじゃなくて、もっと平板な、昔駅とかにいた「わたしの詩集売ります」のひとの詩集に載ってるような。題は、「わたしの怨念」がいいな。怨念ていう漢字、書けないけど。

「怨念、書けないの?」

「八色は書ける？」

「書けない」

「小説家のくせに」

「国語教師だったくせに」

幅の広い歩道に、ぱらぱらと撒いたように人が歩いている。日差しが強い。早歩きすると汗ばむ。展覧会場は静かだった。人が少ないわけではないのに、音がない。移動する時、どの人も地面と平行にゆっくりと移動する。磁石の同じ極が反発するように、近づきかけると離れる。

一時間ほどかけて見終わった。併設のカフェで飲みものを買い、テラスに並べてある卓まで歩いた。パラソルのある卓とない卓があり、マーヤは迷わずパラソルのない卓を選んだ。日焼けするよと言うと、日焼けしたほうが免疫力が高まるんだよと答える。

「それ、ほんと？」

「うそ。なんか、免疫力って、ちかごろ枕詞みたいになってるからさ」

展覧会の感想をぽつぽつ喋りあった。マスクをずらしてストローを使い、また戻す。喋る。またマスクをずらしてストローを使う。戻す。

あなたは新型コロナに関してどのくらい用心したいのですか、という質問を口にする気ぶっせいさを避けるため、一緒にいるひとがどんな動作をおこなうのかを観察し、動作を合わせることにも、すでに慣れている。

マーヤが黙った。そういえば会話の途中でマーヤは時々黙るのだったなと思いだした。日差しは強く、じりじりと日焼けしている実感があったが、体がのびひろがってゆくようで、気持ちがよかった。

五分ほども、二人して黙っていた。

「ぷは」

詰めていた息をはくような音を、マーヤがたてた。

「長いよ」

マーヤが言った。

「何が？」

「海女だって五分はもぐっとられんよ」

「もぐってたのか」

「八色はもう海流に流されちゃったのかと思った」

「うん、ウツボと闘ってた」

「ね、さっきの男」

「唾はいてたひと？」

「もしかするとあれ、わたしの父だったかも」

おかわり買ってくる、というマーヤのうしろ姿を眺めながら、そうかあれはマーヤの父親だったのかとぼんやり思ったが、そんなはずはなかった。なぜならあの男は五十代くらいだったから。

「お父さん、たしか亡くなってたよね」

戻ってきたマーヤに聞くと、うなずいた。

「昼間から酒飲んで悪態ついてるあの年ごろの男を見ると、反射的に、あ、父だ、って思っちゃうのよ、今も」

それからまた、マーヤは黙ってしまった。二分、五分と時計の針が動いてゆき、七分と少したったところで、また、

「ぷは」

とマーヤは息をはきだした。

住所録だったんだよね。前置きなしに、マーヤは始めた。わたしのカップの中のアイスコーヒーは、氷もあらかた溶けてしまい、もうほとんど残っていない。ストローで吸うと、ず、という音がした。マーヤは一瞬カップを見たが、すぐに視線を空に戻し、話をつづけた。

マーヤの父親は画家だった。作品はさほど売れなかったが、大学の非常勤講師の仕事につ

き絵画教室も開いていたので、当初は生活には困らなかった。ただ、無類の酒好きで、

「酒でも飲まんと、いろいろばかばかしくて」

というのが口癖だった。朝に一杯ひっかけ、昼にも一杯、酔っぱらうわけではないし仕事が荒れるわけでもないのだが、常に酒の匂いをかすかにただよわせている彼を、ひどく嫌ったり噂を流したりする者もいて、身過ぎ世過ぎはさほどうまくいっていなかった。おまけにひどい悪態をつく。

「つまらない絵しか描かない画家だったなあ」

マーヤはつぶやいた。

次第に仕事は減ってゆき、日中から深酒をすることが増えた。小さなアトリエにこもり、家族と食事を一緒にとることも外へ行くこともほとんどなくなった。

「母は保険の仕事を始めて忙しくしていたし、わたしは父と顔をあわせたくなかったから、かえって気楽でよかったんだけど」

ある日、父親が葉書を出してきてほしいと、マーヤに頼んだ。宛先は千葉で、女名前だった。何が書かれているか読もうと裏返すと、父親が描いたらしき色鉛筆の絵がある。文字はない。そのチもマーヤは父親に頼まれた手紙を数回、出しにいった。

どれも女名前で、関東地方の住所だった。

その中の一人が、手紙を出してから一ヵ月もたたないうちに亡くなったことを知ったの

は、新聞の死亡記事によってだった。父親と同じ画家だった。たまたま名前が同じだけなのかもしれないとも思ったが、その一年後に、やはり同じことが起こった。その時は死亡記事ではなく、社会面の大きな記事だった。神奈川の国道で多重衝突の自動車事故で亡くなった人の名が、父親の手紙の宛名とまったく同じだったのだ。

やがてマーヤは家を出て一人暮らしをするようになる。父親が亡くなったのは、マーヤが四十歳の時である。葬式がすむと、しばらくの間、週末には実家に戻り、母親と一緒に遺品整理をおこなった。住所録はその時に見つけた。市販の住所録ではなく、大学ノートに、あいうえお順でもなくアルファベット順でもなく、名前と住所、電話番号が適当に書きつけてある。使ってあるインクの種類もまちまちだった。おそらく相手の住所と電話番号を、知った順に書きつけていったのだろう。

父親に頼まれた手紙の宛名を、マーヤはすでにほとんど忘れていた。ところが、住所録をめくってゆくうちに、記憶が戻ってきた。というのは、それらの宛名と宛先には、必ず横線が引いてあったからである。

「つまり、住所録から消してあったの」

横線を引かれていたのは、全部で十人ほど。その中に、画家の名もあったし、多重衝突の事故の犠牲者の名もあった。

イーゼルや絵の具、筆などの道具はすべて捨て、服や本なども処分し、父親がアトリエとして使っていた部屋は納戸になった。さらに年月がたち、母親は仕事を退職したのをしおに、家を売って小さなマンションに移った。残してあった父親の作品とほんの少しの遺品も、その時にすべて処分した。ただ、住所録だけはマーヤが自分のマンションに持ち帰った。

「なんか、気になってたんだと思うんだよね」

ある日思いたち、横線を引いてある人たちの名前を、ネットで検索してみた。十人のうち画家と多重衝突の人を除いた八人の中で、消息がわかったのは三人だった。世間に多少名の知れた人たちで、どの人も亡くなっていた。亡くなった時期は、ちょうどマーヤが葉書を出しにいっていた頃と重なる。

もちろん単なる同姓同名の他人たちなのだという可能性は高い。そしてまた、たとえ本人だったとしても、葉書を出したことと亡くなったことが関係しているとは限らない。

「でもね、なんていうか、父が葉書を出すと、その後にすぐ相手が亡くなるんじゃないかって、思いついちゃって」

マーヤは言い、肩をすくめた。

「って、まさか、だけどね」

そう続けてから、またマーヤは黙った。三分。それからにやりと笑った目つきになり、

「展覧会、思ったよりよかったね」

と言った。

駅までの道は、行きよりもずっと短かった。行きは大回りをしていたらしい。翌月に、同じ美術館の次の展示を見にいくことを約束して、駅で別れた。マーヤは本屋に寄るという。

「横線を引いて消す」。マーヤのその言葉が帰りの電車の振動音にのって、何回か頭の中で響いた。日はまだ高い。日暮れはこの季節、なかなか来ない。


次の展覧会は、あまりよくなかった。おまけに梅雨に入っていて、空気がやたらに重かった。テラス席は濡れてくすんでいた。

「こういう日は甘いものを食べるよ」

そう言いながら、マーヤはジェラート三種のとりあわせを注文した。

「冷えない？」

「冷えるお年ごろだからこそ、ひえびえしたものを食ってやるのさ」

室内の席はすいていた。展覧会自体にほとんど人がおらず、蒸しているのに体の表面がつめたい。あまりよくなかったと言っていたにもかかわらず、マーヤは展覧会の絵葉書をたくさん買った。

「手紙、しょっちゅう書くの？」

「まあ、ときどき」

「返事、くる?」

「ほとんどこない。みんな手紙ばなれしてるよね」

「うん、わたしも返事書かなかったね」

マーヤが黙った。一分。二分。三分。

「ときどき」

息をはきながら、マーヤは言った。ときどき、父親の住所録にある宛名に、

「初夏の気持ちのいい日が続きます。お元気でお過ごしください」

というような、ほとんど意味のない文章を絵葉書に書いて送るのだという。

「それ、こわいよ」

「うん、受け取った人はこわいよね」

「マーヤの名前と住所は、書くの?」

「いや、住所はわたしのだけど、名前は父で」

「いろんな意味でますますこわいよ」

「みんな受取人不明で返ってくるよ」

なるほど。二十年以上前に亡くなった父親が、おそらくさらにその前に書きとめた名前の人たち。わたし自身の住所録の中にも、すでに鬼籍に入った人が五分の一ほどもある。

「宛先は、横線を引かれた人たち?」

「ううん、横線は引かれてない人。ノートの最初の方から、順番に」

「何人くらいに出した？」

「五人くらいかな」

「全部返ってきたの？」

「うん、全部」

「全部かあ」

「たぶん、四、五十年くらい前にノートに書きこんだ宛名だろうからね」

ポストに絵葉書を落とすマーヤの姿を想像してみる。わたしの中では、それは二〇二一年現在の六十五歳のマーヤではなく、大学時代のマーヤである。マーヤは帽子が好きだった。当時皆がかぶりがちだったベレー帽やキャスケットではなく、ニットのぶかぶかしたものをかぶっていた。たいがいズボンをはき、運動靴をつっかけていた。就職してからも、教師じみた服装は決してせず、ジーンズにセーターやTシャツで通した。教室では帽子はぬいでいたようだが。

ニット帽を目深にかぶり、若いマーヤはポストまで歩く。少し迷ってから、葉書を投函口に落とす。ポストに葉書を投函してしまえば、マーヤは今のマーヤの姿に少しずつ戻ってゆく。速足だったのが並足になり、背はわずかに縮み、けれどニット帽は同じものだ。

「あのね、父の住所録の、最後のページにはわたしの名前と当時のわたしの住所があって」

マーヤは静かに言った。

「遺品整理の時に、その住所宛ての葉書が住所録のノートにはさまれてるのを、見つけちゃって。やっぱり裏には色鉛筆の絵が描いてあって、文章はナシ。だけど、投函しなかったみたい」

え、とわたしは息をのんだ。

「でも、なぜ」

マーヤは父親の絵をまったく評価していなかった。何回か、面と向かって口にしたこともあったという。

「わたしも父を憎んでたけど、父もたぶんわたしのことを、少し憎んでたんだよね」

「親なのに？」

「親だからじゃない？」

投函されなかった父親からの手紙を、マーヤはしばらく持っていたが、

「新年のどんど焼きに出して、燃やした」

そうだ。

「やっぱりこういうことは、神頼みしないと」

である由。

二人でコーヒーのおかわりをした。体が冷えたと言って、マーヤはホットを注文した。二

人で黙って飲んだ。三分。五分。七分。

「何かの験かつぎだったのかな、あの、わたし宛ての葉書」

沈黙を破って、マーヤが言った。

「験かつぎ」

「いつ出してもいいけど、出すのを我慢できたらいいことがある、みたいな」

うまく答えられず、わたしの方から黙った。三十秒。一分。一分半。

「験かつぎ好きも遺伝するのかもね」

麻雀に勝ってマーヤからまきあげたビーズの指輪のことを、突然思いだしながら言った。指輪は黒いビーズでできていて、繊細になりがちなビーズ細工にもかかわらず、無骨だった。マーヤの手作りだった。気に入っていてよくはめたが、しまいに糸が切れた。はめていた指から突然拘束感が消え、足もとにいっせいにビーズが散っていった、あの瞬間。はめている時には拘束されているとは感じていなかったのだが。

「遺伝？」

マーヤは首をかしげた。昔の自分の験かつぎのことは、忘れているのかもしれなかった。かぶっている帽子のふちを、マーヤは指でさわった。よく使いこんだ、柔らかい茶色の帽子である。

「この帽子、父のものだったんだ」

「え」

「帽子に罪はないでしょ」

コーヒーをゆっくり飲みおわると、雨が止んでいた。駅までの道を、大回りして歩いた。次の約束はせずに、別れた。電車の窓からみえる町並みがにぶく光っている。車内には眠い空気が満ちていて、腰かけている人たちはいちようにうとうとしている。マーヤと彼女の父親の、どちらの憎しみが深かったのかを、少しの間想像してみたが、せんないことなのですぐにやめた。わたしも眠くなった。目の前の席があき、座ってすぐさま寝入った。二つ、駅を寝過ごした。居眠りして駅を寝過ごすのは、三十年ぶりくらいのことだった。また雨が降りはじめていて、町はもう光っていなかった。

小面《こおもて》、若女《わかおんな》、増《ぞう》、孫次郎《まごじろう》、万媚《まんび》など

二〇二一年の五月末、九十一歳になったばかりの父がころんだという電話がきて、実家に急いだ。

毎朝の散歩の途中で、足がもつれて頭からころび、顔が血だらけになっているところを、通りかかった初老の女性に助けられたというのだ。

さいわいすぐ近くに大きな病院があったので女性が連れて行ってくれ、そこから母に連絡がきた。眼のふちを縫い、頬と額の擦り傷に入ってしまった砂粒を一粒ずつ取った。その後脳のCTを父が受けている最中に、わたしは病院に着いた。地下の検査室まで小走りにゆくと、母がちんと椅子に座っていた。

「あら」

と、喫茶店で待ち人が来たときのような声をあげる。

「早かったのね」

「ううん、タクシーに乗ったら、道が混んでた。電車にすればよかったよ」

「生垣のところにしゃがみこんでいたところを、おばあさんに助けられたんですって」

「ありがたし、だねえ」

「あたしが来るまで病院で待っていてくださってね。とてもよさそうなかた。あなたと同い年くらいの」

「わたしと同じが、おばあさんなのか」

「おばあさんって言ったのは、あたしじゃなくて、あのひと」

父がころんだのは去年から数えて三回めだった。最初は軽くひざをついて足をすりむき、次は手をついてのひらをずるりと大きくすりむき、今回はついに手をつくことができず顔を打ったということになる。

CTから出てきた父は、元気にみえた。たいしたことはないから、早く家に帰りたいと繰り返す。いつも父は家に帰りたがるのだ。十数年前に脳梗塞で病院に救急車で運ばれた時も、数年前に心不全で胸に水がたまって入院した時も、自分がたいした病気ではないことは自分も科学者だからよくわかる、だから病院に長居する必要はないのだと断言し、医者に抗議し、看護師に文句を言い、ベッドから起き上がってどんどん歩き、予定より何日も早く退院してしまう。退院できる、のではなく、病院側に辟易されて退院させられる、と言ったほうがぴったりくる感じだ。

このたびも父は薬局で薬を待つ間、自分が素早く帰れないかわりに、せめて、というふうにわたしを帰そうとした。朝見は仕事があるんだろう。ぼくには妻がいるから、大丈夫、早く帰りなさい。しきりに主張する。その「妻」が、あなたを扱いかねて疲れちゃうから来てるんだよ、と、心の中で言い返す。声に出していないのに、気配を感じた様子で、父は、ふん、と息をもらし、それから黙りこんだ。

翌日にはまたすたすた散歩に行くかと思っていたが、あれ以来めっきり外に出たがらなくなったのだと、母から電話があった。前にころんだ時には平気だったのにね。母は可笑しそうに言った。自信なくしたのかしら。

九十一歳になるのだから、多少の自信はなくすだろうけれど、父が外に出ないのは、自信がなくなったというよりも、何かの世話になることがいやなのではないかと推し量る。母の世話になる、だの、通りすがりの婦人の世話になる、というような具体的な「世話になる」とも少しことなる、それはおそらく、生命体として今までどうにかくい止めていた自身のエントロピーの爆発的増大を、ついに父の生命としての力ではおさえきれなくなり、見る間に混沌が深まりつつある体内の恒常性を、人類が発明してきたもろもろの技術でもって抑えてもらう、という「世話になる」受け身の生活をするのがいやなのではないか、ということだ。

ようするに、自分で差配できない自身の老化を、医学だの効果的な運動だの体にいい食品だの生活様式だのの補助でもって手当する、ということに対する反発があるのではないか。これをして「無頼」と昔は呼んだものだが、今の世の中、無頼はまったく評価されないときている。父のゆく道は厳しいなと、わたしも可笑しく思い、そうかも、自信なくしたのかも、と答えた。

翌週、駅ビルで買った弁当と、歩かなくても足を当てているだけで歩く効果があるという機械をアマゾンで取り寄せたものを持って、実家に行った。

父は、リクライニング式の椅子に座ってテレビの将棋番組を見ていた。イチローが引退する前はこの時間はいつも大リーグの試合を熱心にみていたものだが、このところ大活躍の大谷翔平には興味がないという。そういえば、松井秀喜にも興味がないと言っていた。わかるといえばわかるような気もするが、父の真意はほんとうのところ、いつもわからない。六十年以上連れ添った母の口癖は、

「あのひとのことは、わからないから、だから一緒に暮らしていられるのかもね」

である。

「朝見がいいもの持ってきたわよ」

母が言うと、父は小さな声で礼を言い、試してみるよと言った。母が梱包をとき、説明書をわたしと二人で読み、セットしたが、父は足を当てようとはしなかった。足の下までもっ

てゆくと、一瞬足をのせたが、すぐにおろした。先手2六歩、後手3四歩。テレビから声がする。

小学生のころ、将棋の読み上げを聞いているといつも眠くなって、テレビを見ている父の横でころんと横になって寝入ってしまった。風邪ひくわよ、と言いながら毛布をかけるのはいつも母で、父はわたしが横にいることにも、居眠りをしてしまっていることにも、気がついていいなかった。父親は娘をことに愛する、という言説は、いったいいつごろ登場したものだったか。娘と結婚する男を憎む、だの、結婚式では父親が盛大に泣く、だの、夫婦喧嘩をして実家に帰ってきてしまった娘をひそかに歓迎する、といった行動や感情表現をおこなった父を、一度も見たことがない。

わたしが離婚したのち、その当時つきあっていた恋人と居酒屋で飲んでいたら、父と出くわしたことがある。父が七十代、わたしが四十代おわりのころだったか。最初父は知らないふりをしたが、ふと目が合ってしまった。父は大儀そうにわたしの隣にやってきて並び、酒を酌みつまみを口に運ぶ合間に、しょうことなく、という風情でぽつぽつわたしの頭越しに、恋人と会話をかわした。そのうちに父は酔っ払い、突然、

「こんな女の、どこがいいんだ？　ぼくの妻の方が、ずっといい」

と言った。

「ずっといい？」

恋人は、びっくりして聞き返した。

「猫を飼うのが上手だし、人間が面白い。この女は、あんまり面白くないだろう」

娘のことを「この女」呼ばわりである。たしかにわたしは、父にとって「面白い女」ではなかったかもしれない。そのうえ、猫を飼うのは実際下手である。

「風変りなお父さんだね」

というのが、恋人の感想だった。いや、父は思ったことを言っただけだから、と反駁しようとして、思ったことをそのまま言う人間は、どこの世でも「風変りな人間」と言われることが多いことを思いだし、黙った。

その時の恋人とは、じきに別れた。そのあと、誰かを恋したことは、あったのだったか。なかったような気もするし、大切な誰かを忘れているような気もする。昔、というほど前のことではないのだが、はっきりしない気分しか浮かんでこない。


「核ちゃんって、覚えてる?」

と母が言う。アンやカズと、ついこの前——といっても一年ほど前になるのではあるが——大河内核のことを話題にしたばかりだったので、少し驚いた。

「宇宙物理学者になった、核ちゃんのこと?」

「そう。大河内教授のところの核ちゃん。あなたより二歳年上だったわよね、核ちゃんは。

で、核ちゃんのお母さんから」

カリフォルニアに住んでいたころ、核ちゃんのお母さんの握った寿司をはきだした、とカズが話した時の、カズの声の調子がよみがえった。

「電話が来たのよ、五年くらい前、急に。あなたがマスクしてるから、思いだした」

実家では、母と父はマスクをしていないが、わたしはずっとマスクをつけていた。まだこの時、二〇二一年六月初旬は、日本ではほとんどの者がワクチンを接種することができず、八十代と九十代の両親に新型コロナをうつさないためには、自分が新型コロナにかからぬよう身をひそめること、実家に行った時にはずっとマスクをし換気を心がけること、という、大正時代のスペイン風邪流行時の予防法と同じことしかできなかった。

「なぜマスクから、核ちゃんのお母さんが」

「それは、おいおい」

五年前、電話があったのだ。母が電話に出ると、相手は「大河内の家内です」と名乗り、父を出してほしいと言った。

「つまりその電話は、核ちゃんのお母さんから、だったんだね」

「そう」

母と電話をかわった父は、はい、ええ、そうですか、それは、と、はかばかしくない返事をするばかりで、いったい何を話しているのか、さっぱり見当がつかなかった。電話を切ったあとも、何の話だったか、父は母に喋ろうとはしなかった。

「ま、いつものことだけど。あたしが聞かないと、何も言わないのよあのひとは」

その次の日も、電話があった。夜十一時過ぎだったので、父はすでに眠っていたが、しかたなく起こした。もちろん母も寝入っていた。不機嫌な声を出したのに、相手は上機嫌だった。

父は寝ぼけた様子で、あいかわらず、はい、ええ、そうですか、と繰り返した。

大河内核の父親である「オオチンコウ」——父という人は、すぐに人にあだ名をつけるのだが、「オオチンコウ」という小学生じみたふざけた名も、父と母の間だけで通じる「大河内教授」のあだ名だった——が行方不明になったのだということを母が知らされたのは、その翌日だった。そんな夜中に「オオチンコウ」の妻が電話をしてくるような喫緊の用件だったのかと、母は翌日父を問いつめたのである。

「え、大変じゃない。大河内先生って、今、おいくつ？」

母が聞くと、父は肩をすくめた。

「ぼくと高校の同級生だから、八十六歳ってことになるのかな。それが、一ヵ月前から行方不明だって、最初の電話の時に」

「警察には？」

「届けをだしたけど、見つからないって」

ある日大河内夫妻は、地下鉄に乗って銀座に行ったのだ。デパートで買い物をし、髙島屋の食堂で昼食をとり、銀座線の改札を通ってふりむくと、夫がいなかったのだと、大河内教授の妻は説明したのだという。

「私のことは、美千代と呼んでください」

最初の電話で、大河内教授の妻は、父に言ったそうだ。

美千代って呼んでくださいって？　まったくもう、なんなのよね。母は、半分はきだすように言った。

夫がいなくて心細いので、八色先生に電話をしたのです。いったい大河内はどこに行ってしまったのでしょう。認知症が少し進んでいたので、自分でもわからないまま、どこかに消えてしまったのでしょうか。どうぞこれからも相談にのってくださいね。

「美千代」はそう言って電話を切り、翌日の夜遅くにふたたび「心細いんですの」と電話してきたというわけだ。

「モテてたんだね、うちの父」

わたしが言うと、母は首をかしげた。

「あれって、モテてたの？」

「相談にのってください、っていうの、男女が近づく時の常套句だよ」

「なるほどねえ、若い人たちだけじゃなく、八十代の女が八十代の男に使う常套句でもあったとは」

母は言い、また首をかしげた。

「で、そのあと、どうしたの」

電話は、半年ほどつづいた。何回か、父は黙って「美千代」と喫茶店で会っていたようだった。その気配を感じていても、母は父を追及しなかった。けれど「美千代」に食事に招かれた時には、父は母に報告した。

「銀座の何とやらいう店で一献どうかって」

と、父は言ったそうだ。

「一献、てのが、しゃらくさいじゃないのよ」

母は父をじっくり観察した。結婚した直後の三ヵ月とカリフォルニアに住んでいた数年間だけは毎日定時に帰宅した父だったが、それ以外の定年までの約四十年間は、ほぼ毎夜午前様の帰宅となる。研究で忙しかったこともあるが、半分は飲んでいた。小遣いはさほど多くなかったので、派手に遊ぶことはなかったが、魚心あれば水心の伝で、多少の羽目ははずしていたことを、母は知っていた。

「そういうの、わかるものなの？」

「あのひとは、わかりやすいからね」

「嫉妬しなかったの？」

「だって絶対にあたしの方が面白い女だもの。だから、あのひとは絶対にあたしのところに戻ってくるの」

はー、と、わたしはため息をついた。いつか父が居酒屋でわたしの恋人に言った言葉と、見事なほどに対応している。この夫婦は、定例会議でも開いて、外交筋に言うべきことを常に相談でもしているのだろうか。

じっくり観察した結果、父は「美千代」に魚心を持っていないらしいと推察された。それで、母は「銀座の何とやらいう店」での「一献」に、父を送りだした。といっても、父だけが「一献」というのは何やら少しばかりいまいましかったので、わたしを誘って同じ日に鮨を食べにいった。

「そういえば、何年か前に、一緒に高いお鮨屋に行ったことがあったような……、あれ、『一献』の日だったのか」

「そうなのよ」

「魚心って言葉、前から好きだった？」

「え？」

母は、ぽかんと聞き返した。

「わたしも、魚心水心っていう言葉、けっこうよく思い浮かべるから」

「魚心って、ちょっとなまぐさそうよね。そんなもの、あたしは持たないですめば持ちたくないもんだわ」

「一献」のための銀座での待ち合わせは、六時だった。父が帰宅したのは八時。銀座から実家までは小一時間かかるから、食事時間は正味一時間ほどということになる。かなりせわしない「一献」ではあった。

「でね、その日、『美千代』さんは、ずっとマスクをつけてたんですって」

「え？」

「一献、の間も、ずっとマスクをつけっぱなし」

「食事してるのに？」

「食べたり飲んだりする瞬間だけ、さっとマスクをずらして、目にもとまらぬ速さでお箸を使ってたって」

「一献の方は？」

「おんなじ。左手でマスクをしょんと引っ張って、猫がお皿の牛乳をなめるような感じで、お猪口からぺちゃっとお酒を吸ったらしい」

父はいたたまれず、早々にいとまを告げた。いったいあのマスクは、何のためのものだったのか。できものなどを隠すためのものだったのではないかと、五年前には思っていたが、皆がマスクをしている昨今になって考えてみると、隠すためではなく何かをふせぐためのマスクだったのかもしれないし、あるいはもっと計り知れない理由だったという可能性もある。

「そのあと、『美千代』とは、会ってたの？」

「もしかしたら、何回かはね」

「一献」は、銀座のなんという店だったか父に聞いてみたが、もちろん覚えていなかった。

アマゾンで取り寄せた、歩かなくても足を当てているだけで歩く効果があるという機械を、もう一度父の足もとで動かしてみる。ぶん、という音がして、父はいそいで足をどかしてしまった。マスクをつけたまま二時間を過ごしてから、実家を出た。駅までの道沿いにある松林の中で、春蟬がシーという薄い声で鳴いていた。

家に帰りつき、洗面所で手を洗った。まだマスクをしている自分の顔を洗面所の鏡の中に見ているうちに、何かを思いだしそうになった。六十歳を過ぎたころから、「思いだす」という行為が、一日のうちのある一定の時間を占めるようになっている。うがいを終え、思いだしそうになっていることを、書庫にさがしにゆく。

あった。茶色い布張りの表紙のその本を棚から引きだし、めくる。数ページめくったところで、ふたたびマスクをかける。古い本を読むと、喘息がでるのだ。いつからか、長い間手元にある年季の入った本を読む時にはマスクをつけるようになっている。

『能面』という題のその本は、白洲正子の著書である。正子によって選りすぐられた能面の写真と、その解説。写真はすべて白黒だが、正子の文章を読んでいるうちに、モノクロームの能面にほどこされた古い彩色が見えてくるような心地となる。わたしが買った本ではない。ずっと前に知り合いが貸してくれて、まだ返していない本なのだ。常に気持ちの隅に呵責としてあるのに、まだ返せずにいる。

マスクをした顔から『能面』を思いだしたのは、マスクと能面が「顔をおおうもの」としての共通点を持つから、ということだけではない。

マスクをかけた自分の顔はマスクをかけていない顔にくらべ、表情を読みとりにくいのではないかとずっと思っていたのだが、存外そうではないということに、マスクの生活が一年以上つづいたころに気がついた、そのことのほうが、能面とつながったのだ。

能面は、一つの表情しかもたないはずなのに、さまざまな感情をあらわす。舞台での舞と囃子と謡が、面の表情を変化させる。角度によっても、面はかわる。ためしに『能面』の写真のページを開いたまま、本の角度をかえてゆく。最初はほほえんでみえた「女面」の顔が、次には空しい表情になり、遣る方なさそうになり、最後には悲しげになった。

そういえば、この前マーヤと会ったとき、マーヤがマスクをはずした瞬間、

(見えすぎる)

と感じたのだった。

(見えすぎるのって、見えないことと似てる)

小面、若女、増、孫次郎、万媚など

とも。

疲れたので、夕飯は何も作らずインスタントのカレーにすることに決め、しばらく『能面』に読みふけった。

正子をして「私を開眼させてくれた」という、古い時代の作である一つの「女面」について、彼女は「(面は)やがて多くの種類に分類され、名称もふえてゆく。若い女面の主なものだけでも、小面、若女、増、孫次郎、万媚など。だが、これは未だ名もないただの『女』であり、そういう無心なほほえみをたたえている」と書いている。

正子の文章を反芻しながら、そうだよね、マスクをして目と眉だけがみえている人の表情は、能面の感情への手がかりのなさと、それに相反するような感情の豊かさに通じるんだよね……などと思いめぐらせかけて、でもまあ、違うかもなと、すぐに首をかしげた。なんだかそれでは、答えが合いすぎているような。

喉の奥がぜろぜろしてくる。まだしばらく読みつづけたが、ぜろぜろが激しくなってきたので、あきらめて本を閉じた。

先手5四金、後手6九角。でたらめに将棋の読み上げをとなえてみる。ぜろぜろのせいで、かすれた声しかでない。急にものすごく腹がすき、冷蔵庫から納豆をとりだしてかきまぜ、その間に冷凍しておいたご飯をチンした。同時に鍋に水をはり、インスタントカレーの銀色の袋をぎゅうぎゅう押しこんでふたをし、最大の火力にかけた。

「一献」という言葉が頭に残っていたので、日本酒をガラスのコップについで、納豆カレーをつまみに飲みはじめた。飯をつまみに日本酒を飲むと、わたしは酒が止まらなくなる。そういう飲みかた、きもちわるい。いつかアンに言われた。アメリカ人にはわからんのよ、この取り合わせのよろしさは。言い返したら、アンは気を悪くした。でも、それ以来アンは形勢が悪くなると、「ふふ、あたしはアメリカ人だから」と言って攻めてくるようになった。

カレーを食べ終えるころには、四合瓶が半分以上減っていた。二合半《こなから》こなから、とつぶやきながら、皿とコップを洗った。「美千代」は今、元気でいるだろうか、まだ、生きているだろうか。「オオチンコウ」は今も消息不明のままであると、実家の玄関での別れぎわ、母はため息だけでできたような声で言っていた。

流れるプールに流される

思いだす時は、いつも突然だ。

『能面』の本を貸してくれた相手と、一度だけ旅をしたことを思いだした。

旅といっても、常磐線のどこか適当な駅で降り、駅前にあった商人宿のようなところに一泊しただけの旅である。

ついこの前だと思っていたが、あれからすでに二十年以上たっている。四十代は人間関係が雑多だった。すぐに近づき、すぐに離れた。あるいは、離れるほうがいいだろうに、離れきれずにそのままにしておいた。我慢がきいたのだろう。

その相手とは、旅の一年ほど前に知りあった。何度か二人で飲み、互いの体をもたせかけあうようにして、淡い関係が始まった。好きだった。けれど、その「好き」が深まるとは思えなかった。なぜなら、相手が人を寄せつけない質だったからである。当時相手は五十代半ば。一度も結婚したことはなく、おまけに結婚というものを拒否していた。なぜ拒否するのだろうかと、純粋な好奇心から訊ねても、はかばかしい答えは得られなかった。理由などなく拒否するという態度も、なかなか愉快なものではあるなと、これも純粋な適当ごころから、二度と訊ねることはしなかった。けれどある時、その相手が、寝物語のような雰囲気で、

「もし結婚してしまったら、自分は家族に正しさを求めてしまうと思う」

と、ふと、もらしたことがあり、いぶかしく思った。この人の思う「正しさ」とはいったい何なのだろうという、ごく単純ないぶかしさに加え、結婚すれば家族に何かを求めることができると信じているそのナイーブさについても、いぶかしく感じたのである。つねづねかなり懐疑的な人間であるようにみえていたのだが。

どうしてもそのいぶかしさを自分の中で処理できず、アンに話してみると、

「結婚さえしなければ、他人に何かを求めることはないだろう、っていう安心感の得かたは、少しだけ、あたしも理解できるけどね」

と言われ、なるほどとも思ったが、やはりよくわからない。他人に何かを求めるのがいやなら、求めなければいいではないか。

「あなたは、単純だねー」

アンには、笑われたものだった。

結婚はもう二度としたくないと思っていたので、つきあうには楽な相手ともいえた。商人

宿は電灯がうす暗かった。けれど、つげ義春のマンガにあるような風情はなかった。夕飯は近くの定食屋でとり、コンビニエンスストアでビールとつまみを買って帰った。重い布団の中でしばらく抱きあったりしたが、世間さまの反対側をあえて行こうとしたのにいろいろな意味で焦点を絞りそこねてしまったその旅が莫迦げたものに感じられ、はだかのまま笑いだしたら、相手が鼻白んだ。そのまままた服を着て、ビールを飲みきり、もう一度コンビニエンスストアに行って酎ハイを何本も買いこみ、つまみのイカやちくわやせんべいなども買い足し、布団の上で酒盛りをした。眠る時は布団を少し離し、翌日は晴れ晴れと別れた。

すぐにこの人とは離れる、と思っていたのだが、それから半年ほど会う時間が続き、最後は相手に懸想するほかの女があらわれ、ようやく離れることができた。

「あなたは、誰かと男を取りあう、なんてことはできないものね」

アンはその時も、笑った。

「うん。めんどくさすぎる」

「で、次の人とは、うまくいったのかな」

「たぶん」

「つまりあなたは、体よくふられたっていうことか」

「そのとおり」

ふられるのは、なんと安楽なのだろうかと思った記憶がある。むしろ、ふるほうが、苦しい。といっても、ふるふられる、という役まわりのどちらになるかということに、意味など何もないのだが。ご破算で願いましては。たまたまどちらが、その合図をするかというだけの問題だ。

『能面』を、その相手に返す機会は、もうないだろう。淡い関係があったことすら忘れていたのだ。そのうえ、今彼が生きているのかどうかさえも、わからない。なんだかお腹のあたりがたよりなくなってくる。それで、アンに書き送った。

「昔の恋人とのディテールを思いだしてはいやな気分になる自分って、何か問題があるのかな」

「どの人のことも？」

と返信が来たので、

「忘れてない相手は、どれもな」

と返したら、「それな」とつぶやいているカエルの絵が送られてきた。カエルは黄緑色で、少しだけ可愛いのが、かえって憎らしかった。

自分の昔の恋の相手に対する微妙な気分を言いたてるのは簡単だが、相手は今、自分のことをどう思っているのだろう。

「暑い時に、そんなこみいったこと考えるの、よしなよ」

と、アンが言う。書き文字でのやりとりではなく、久しぶりに電話をしているのだ。二〇二一年の七月に入り、新型コロナウイルス感染者はじりじり増え、東京では七月十四日に感染者が千人を超えた。誰に言われたから、というのでもなく、自然に体が外を向かなくなっている。それなのに、去年の最初の緊急事態宣言の時には比較的厳しいリモートワークをおこなっていた編集者たちは、今や頻繁に、あるいは毎日、出社しているという。

「家にずっといられるこの身が、申し訳ないよ」

と言うと、アンは、はは、と乾いた声で笑った。

「今さらなに殊勝なこと言ってるの」

「だけど、自分が毎日こういう時期に出社しなきゃならないって考えたらさ」

「まあ、それはそうだよね。コロナじゃなくても、そもそも毎日出社するの、ものすごく苦しいし」

「だめな人間だね、わたしたち」

「ずっと前からわかってることだよ、それ。ところでこの前、弓田ミナトさんに会った」

アンが言った。

「え」

「夏野さんと三人で、お茶飲んだ」

「そうなんだ」

答えながら、またお腹の中がたよりなくなっていることに気がつく。急に眠くなって、電話を切りたくなる。これはいったい何の現象だろう。

しばらく適当な相槌を打っているうちに、わかった。これは、嫉妬だ。

いやはや、嫉妬心とは。けれど、いったいぜんたい、何に対する嫉妬？　アンとカズが二人で会っていると聞いたとしても、このような嫉妬は感じないにちがいないのに。

「ミナトって、面白い子だね」

アンが言う。

「ミナト」

「弓田さん、て言った方がいいの？　でもあたし、アメリカ人だから」

「アメリカ人かよ」

形勢が悪くなっているわけでもないのに、突然アンがアメリカ人ぶったので、嫉妬の波が少し引いた。

カズから、久しぶりにお茶でも飲みませんかという連絡が来たのだという。二人きりだとすると面倒なので断ろうとしたら、娘も一緒に、という追伸の文字がつづいた。

「母親と娘っていう組み合わせにはもう飽き飽きしてるけど、そういえば、父親と娘、っていう組み合わせには、あんまりなじみがなかったから、興味がわいてね」

たしかに、わたしたちの周囲では父親というものの存在が希薄だ。アンのところは離婚してマリエさんがアンたち三人姉妹を育てた。わたしには父親はいるが、いつも外で飲んだくれていたので、家庭においての「父親」の印象がしごく薄い。

「で、どんな感じだったの」

「うーん、それがね。なんかただの仕事の相手、って感じ」

弓田ミナトはカズに対してきちんとした尊敬語を使い、適切な話題を提供し、飲食の支払いもし、それらすべてをほぼマスクをつけたままおこない、なんのことはない、仕事の打ち合わせにアンが呼ばれただけの話なのだった。

「公私混同？」

「ていうか、二人ともたぶん間が持たないんじゃないかな。本格的に夏野さんが小説を書く、っていうことにも、まだなってないみたいだし」

カズが小説を書くかもしれないと、アンが承知していることを知り、また嫉妬心がわいてきた。いったいこのわたしの嫉妬は、どこに向けて放射されているのやら。

カズに会いたいな、と思った。弓田ミナトもアンもなしで、カズと二人、ばかみたいな話をしたかった。けれど、その後さらに新型コロナ感染者は増えつづけ、「第五波」という言葉をどこでも聞くようになり、カズと会う機会はめぐってこなかった。

そうしているうちに、弟が新型コロナに感染した。

「高熱が出ているのでＰＣＲ検査を受けて、今結果を待ってるところ」

という弟からの文字を読んで、いつぞやのカズからの、やはりＰＣＲを受けたという連絡のことをすぐさま思いだしたわけなのだけれど、今度はまぬがれることはできないだろうなという予感がした。そして、その予感は当たった。

長じてからはあまり連絡を取り合うこともなかった弟と、ふたたびやりとりをするようになったのは、わたしが古い型の携帯電話をスマートフォンに替えた三年ほど前からだ。西洋骨董の店をやっている弟は、ときどき商品の写真を送ってくる。

「これ、向きではないかな」

という言葉が添えられている。向き、というのは、そちらの好みに合っている、というほどの意味らしい。骨董の世界で使う言葉のようだった。

弟からものを買うことはほとんどなかったにもかかわらず、写真は定期的に送られてくる。「かわいいね」だの「いい感じだね」だのと返すと、それきり何も言ってこなくなる。

翌日また連絡がきて、

「感染してた」

と、ひとこと書いてあった。高熱、と昨日書いてあったので、それ以上直接連絡していいものやら迷い、結局弟の妻と報告をしあうことになった。弟は三十九度より高い熱が二日つづいており、妻も娘も自動的に濃厚接触者となった。二人は現在のところ無症状。弟は家庭内別室に隔離され、妻と娘と二人して家じゅうを消毒。高熱ではあるが食欲がなくはないので、好物の牛肉を焼いて出したら、全部食べた。という内容の文章がつぎつぎにきた。

翌日には、弟だけが宿泊療養をすることになり、指定のタクシーに運ばれ西新宿のホテルにうつった。それからが、長かった。九度以上の熱が一週間たっても下がらない。解熱剤の処方と朝晩の電話での医師とのやりとりと、弁当などの支給はあるが、次第に食欲も減り、とてもではないがインスタントのカップ麺やから揚げ弁当は喉を通らない。ホテルに差し入れをしようにも家族は濃厚接触者なので家から出ることができない。

「不要不急の外出をしてはいけないって、保健所に言われてるんですが、差し入れは、不要不急になるのでしょうか」

という質問が弟の妻からきたが、答えられない。

「わたしが行くよ」

と返信すると、たいへんに恐縮する。そんなに遠慮することもないのに、いや、義理のあいだがらは、どんなにうちとけているようにみえても、どこかしら気ぶっせいなものなのだろう、でも実の弟のためなのだから遠慮などしてもらわなくとも、というより、弟は大丈夫なのか？

と、車輪の中をくるくるまわっているハムスターのように、考えが四散しては戻ってきてふたたび四散することを繰り返す。

差し入れは、弟の親友が引き受けてくれた。妻と娘は、ずっと無症状。それだけでもさいわいと、毎夜何かに祈る。神でもなく宇宙にでもなく、虚空間のようなものに、祈る。

「く、くるしい……」

という文と、ゴルゴ13が銃を撃つ絵が、つづけざまに送られてきたのは、弟の宿泊療養が始まって十日めだった。

「どうした」

と急いで返すと、

「いやあ、コロナ、さすがです。息が苦しくなってきたよ、いよいよ俺もしまいか……ゴルゴ……」

とすぐにまた返事が来て、このように素早いふざけた返信ができるのなら、さほど重篤ではないのかと安心したり、そもそもふざけた人間である弟が「苦しい」などと言うからにはかなり大変なことになっているのではという不安がきざしたり、さらには弟の妻といそいでやりとりをしたりと、カズのことを考えるどころではない日々が続き、やがて弟は血中酸素濃度がどんどん下がりはじめ、病院に搬送されることとなった。

「病院、すごいわ」

と弟が書いてきたのは、入院してから三日後だった。レムデシビルの点滴と、ステロイド剤の服用で、熱が八度台まで下がり、酸素吸入しながらスマートフォンの画面でオリンピックを見る余裕すら出てきた由。

「だけど、オリンピックで大谷の中継がなくなっていて、つまらん」

というぼやきが来てから七日後に、弟は退院することとなる。実のところ肺の影は消えていなかったし、息もあがっていたのだが、

「退院します。させてください」

と、担当医に頼みこみ、家に戻ったのだ。

「家に帰っても、大谷の中継はやってないよ」

と送ると、

「知ってる」

「俺より大変そうな人たちがたくさんで、いつまでも病院にいちゃいけない、とかなんとか思ったんだけど」

「俺にしては殊勝すぎるか」

と、連続で返信がきた。

弟が小さいころのことを、突然思いだした。お気に入りの黄色い長靴を、どんな晴れた日にもはいていた。大河ドラマのオープニングの画面を必ず怖がった。いつまでも蒙古斑が消えなかった。

他人に何かを求めることの苦しさを、久しぶりに思い知った。『能面』の持ち主は、この

苦しさを回避せんとしていたのだろうか。家族でもあり他人に近くもある弟が生きてくれますようにと祈った時、わたしはたしかに、弟の運命に対して「正しさ」に似たものを求めていた。

足が大きくなってはけなくなってからも、弟はずっと黄色い長靴をとっておいた。捨てようとすると、泣いた。最後に長靴のことで泣いたのは、たしか弟が中学一年の時だった。

弟が入院していた七月から八月のはじめにかけて、東京の一日の感染者は三千人を超え、四千人を超え、五千人も超え、退院してきてからも五千人台の日が幾日も続き、しかし九月の声を聞くと、わずかずつ感染者は減っていった。そして九月半ばには、千人を切りはじめ、九月末には一日の感染者は、二百人台となる。

九月になってから、弟に会いにいった。

「大丈夫?」

聞くと、うなずく。

「味覚は?」

「酒が飲めなくなった。カルピスがやたら飲みたい。カステラも、うまい」

「変わったっていうこと?」

「うーん、なんか子どもに戻ったみたいな感じ」

父からの飲んだくれの血筋は、わたしにも弟にも伝わっている。

「ぜんぜんお酒、飲んでないの？」

「いや、飲んでる。少し。日本酒は、うまい。ワインが、すっぱい。あと、階段をのぼるとまだ盛大に息が切れる」

「大谷は、見てる？」

「めちゃ見てる」

小学生のころも、弟とはこんなふうなやりとりをしていた記憶がある。陰影のまったくない、言葉の意味だけに沿ったやりとり。アンのところの三姉妹たちのやりとりを聞いていると、わたしと弟のものよりはるかに深みを感じる。ということは、彼女たちの関係の中にある陰影も深いのだろう。

「そうだ。尻馬人生って、おぼえてる？」

聞いてみる。

「うん」

「あれ、我が家だけで通じる言葉だったよね」

「うん。外で使ったら、何それって言われた覚えがある」

中学生のころだったろうか。母と弟が、言い合いをしていたのだ。大正テレビ寄席をやっていたから、あれは日曜日だった。午前中はいつも二日酔いでぼんやりしている父が、こたつに入って、ウクレレを弾く牧仲二を眺めていた。

「五百円渡したんだから、ちゃんと二十七円のおつりをちょうだい」

母が弟に言っていた。

「二十七円くらい、いいじゃない」

「いいえ、一円を笑う者は一円に泣く、ですよ」

そのような生活格言を、わたしたちを育てるにあたり、母は多用した。聞くは一時の恥、聞かぬは一生の恥。袖すりあうも多生の縁。鶏口となるも牛後となるなかれ。来年のことを言えば鬼が笑う。

こうして並べてみると、何やら刹那的な格言が多いような気がする。長じて、わたしも弟も刹那を生きる自由業となったわけだ。今でも実家に帰ると、自身がすでに老いて弱っているにもかかわらず、父も母も必ず、

「で、ちゃんと生活できてるの？　老後は、大丈夫なの？」

と、心配する。

「二十七円くらい、とか言ってるから、いつもおこづかいが足りないのよ」

母の言葉に乗って、一緒に弟を責めたら、こたつに入っていた父が、ぼそりと、

「朝見、それは尻馬人生な言いようだ」

と言ったのだ。「いろいろあらあな」という東京ぼん太の声が、父の声を追いかけた。

「尻馬人生?」

わたしが聞き返すと、弟が、

「ねえさんが叱られた」

と嬉しそうにはやした。

「それも、尻馬人生」

父が、おごそかに宣言。二日酔いで目がにごっているので、威厳はなかったのだが。

以来、家庭内争議において、他人の言葉に便乗する行為をおこなった瞬間に、イエローカードが審判からかかげられる時のごとく、四方から、

「尻馬人生!」

という声がかかることとなった。

「あと、人のせい人生、っていう言葉もあったよな」

「ああ、そういえば」

「今でも誰かのせいにしようとすると、心の中で『人のせい人生!』って声が響いて、びくっとする」

「うん、自分のせいじゃなくて、ほんとに人のせいな時も、あの声、響くよね」

「いろいろ、まずいことしでかしてきた人生だけど、尻馬に乗るチャンスと、人のせいにするチャンスだけは、かなりのがしてきたかも」

弟が、ソファに深く沈みこんでいる。せっかちで、じっと座っていることの苦手な質だったはずだが、すこし痩せた頬をみせて、窓の外を向いている。

「なんで尻馬に、人生、がくっつくんだろう」

「人生幸朗っていう浪花の漫才師がいたね」

「責任者出てこい、の人か」

「でもうちは、浪花の漫才はあんまり聞かなかったよね」

弟の顔は、あまり父に似ていない。大正テレビ寄席を、父と母と弟とわたしの四人で、こたつで見たものだった。こたつの四辺のうち、テレビに一番近い辺には、弟が座った。腹ばいにこたつにもぐり、ひじをついて見ていた。帽子芸の早野凡平が好きで、彼のあやつるホンジャマカ帽を欲しがった。

「ホンジャマカ帽、骨董屋仲間に頼めば、手に入ったりするんじゃない？」

「あれ、手作りでしょう。売ってないよ」

疲れたと弟が言うので、三十分ほどでいとまを告げた。ヒヨドリが太い声で鳴いていた。鳴き声を聞いているうちに、少し泣けてきて、驚いた。しりうまじんせい。つぶやいてみる。言いやすい響きだと納得しながら、ハンカチをだしてマスクと目の間をぬぐった。

カズとアンと三人で、十月に会うことになったのは、アンが三人で飲みたいと言ったからだ。

「ほんとうはあなたと二人が楽なんだけど、楽じゃないことをたまにはしてみるのも、いいかと」

というアンの言葉を眺め、アンの気持ちを推し量ってみる。けれど何も、考えつかなかった。

行く店はカズが決めた。ワインの飲める居酒屋である。ワインが、すっぱい。弟がそう言った時の声を、一瞬思いだした。ガラスが割れるような、きれいな音が遠くからきこえる。音はやがて遠ざかり、けれど遠ざかっているのに、耳の中いっぱいに響きわたる。流れるプールに流されているような心もちで、音をずっと聞いていた。

すでに破いて中味が空になっている部分

この数年間、二つの文学賞の選考委員をしている。

候補作を読むたびに、あ、と思う。すばらしい、だの、ここが惜しい、だのというような言葉は、選評を書く時になって出てくるものであり、読んでいる時は、ただの「あ」である。思っていることは言語化しない。あるいは、できない。「あ」など、感嘆詞とさえ言えない。なぜなら「あ」が、どんな感慨をふくむ音なのか、自分にも特定できないからである。

二回、読み返すことにしている。たまには、三回。ただし、精密に等速で読みこむのは一回目だけだ。二回目は選考のためではなく純粋に自分の歓びのために読書をする時と同じように、勢いをつけて読む。だから、読み飛ばす言葉もあるし、文章から連想が始まって、読み止めてしまうこともある。けれど、二回目のほうが、小説の結構がはっきりとわかる。あるいは、作者に近づくことができる、と言いかえてもいいかもしれない。作者自身の「声」を聞きとめている気分になるわけだ。まあ、たぶんそれはただの「気分」にすぎないのだろうけれど。作者たちはみな老獪で韜晦に満ちているので、作中にあらわれている「声」すべてがかれら自身の生の「声」なのだということなどありえない。

二〇二一年の十月にアンとカズに会ったのは、片方の文学賞選考会の翌々日だった。緊急事態宣言が解け、新型コロナの感染者の数が減りつづけていた頃である。去年の選考会と同じく、弓田ミナトの姿を数メートル先に見つつ、論議をおこなった。その日は弓田ミナトとは会話を交わさなかった。帰りのタクシーに乗る時も、弓田ミナトはほかの選考委員の見送りをしていたので、視線も合わなかった。よそよそしい、とは感じなかった。

新型コロナ以降何かが変化した、と思うことは実のところそれまであまりなかったのだけれど、車の後部座席でその日の選考のことを思い返している時にはじめて、距離がたしかに遠くなっていると気がついたのだ。弓田ミナトと自分との距離を「よそよそしい」とは思わない、そのことが、すでに自然だったから。そもそも以前のことをうまく思いだせない。いちいち近づきあって親愛の情をさりげない動作や言葉で幾通りにも表さなければならなかった、それも日本語という言語の特質による定型のない親愛の表し方を一人一人が工夫しなければならなかったストレスたるや、なかなかなものだったのだろうなと、人ごとのように思うばかりだった。

編集者はえらいよ。弓田さんも、えらい。

と、カズに向かって言ったのは、選考会からさほど時間がたっていなかったからに違いない。何かを選び何かを捨てたあとの後悔は、しばらくの期間ある種の興奮となって体の中に残る。

「えらい？　それ、関西で使う意味で？」

カズが聞き返した。

「いや、わたし関西人になったことは一度もない」

「朝見が人をほめるなんて」

「わたしは比較的穏やかで人にやさしい小説家って言われてるよ」

「マジか。どれだけ自分を偽ってるんだ」

「ま、小説家は嘘つきって相場が決まってるしね」

と言ったのは、アン。

アンとカズとやりとりをしているうちに、身の内の興奮物質のようなものが、少しずつ消えてゆくのがわかった。今日は多弁になってしまうかもしれないと、店に来る前は剣呑に思っていた。多弁になった翌日には、違う種類の興奮が残り、少なくとも半日ほどは自身をさいなむ。多弁になるのは選考会の興奮が残っているからで、その結果またことなる興奮がよびさまされるわけだ。学生時代に「イカの巨大神経細胞」という図を見た記憶がある。神経伝達のしくみを教えるための図なのだが、なぜイカなのかということばかりに興味が行って、授業の内容はまったくおぼえていない。今でもイカを食べるたびに「巨大神経細胞」という言葉が反射的にうかぶ。

「イカはおいしいよね」

つぶやくと、アンがうなずいた。

「イカは、さくさくしたのとねっとりしたのがあるよね」

「おれはさくさくが好きだな」

ビールで乾杯し、カズは燗酒、わたしとアンはワインにうつった。

「サラダが嫌いになっちゃってね、最近」

アンが言う。

「そもそも草みたいなもんだろ、サラダなんて」

カズが乱暴な意見をのべる。

「草よりは華やぎがあるけど」

火を通していないものが身にこたえるような気がするのよ。アンはつづけた。

「じゃ、お刺身は」

「たくさんは食べたくないな」

「それじゃすし屋に行けない」

「おすしはなぜか別。酢飯がいいのかもしれない」

徹底的にとりとめのないことのみを喋った二時間だった。弟が新型コロナに罹患したことも、結局話しそびれた。話さずにすんだ、と言うべきか。隠しておきたいという意味ではまったくなく、有用な情報を提供することに腐心しなくてすんだ、という意味だ。もう少し若かった頃ならば、意味のある会話へと、ついにじり寄っていってしまったような気がする。意味をもつ会話は、これもやはり翌日の興奮をよび、身をさいなむ。

帰り道はまだ夜が浅くて、家の近くの橋には人がたくさん出ていた。空には細い三日月がかかっていた。細い三日月よりも半月になりかけの太いのが好きだなと思った。一人になっても意味のないことばかりを思えていることに安堵した。

三人の会がつつがなくすんだので、勢いがついたのかもしれない、翌十一月、また集まって飲んだ。

「三つの願いって、考えたことある?」

とアンが言ったのは、飲み始めてしばらくたってからだった。

「必ず間違った願いを最初にしちゃうやつ?」

カズが聞き返した。

「うん。お話の中の人たちは、へんな願いごとをして、そのリカヴァリーのためにあとの二つの願いを使うでしょう、たいがい」

「うん、素朴に欲望を開陳するとろくなことはないっていう教訓臭ふんぷんだよな」

「だからこそ、絶対に失敗しない三つの願い、考えなかった？」

アンは、鼻のつけねにしわを寄せながら言った。同じ表情の、自分の写真を覚えている。二歳くらいの時に撮った写真である。「いいお顔」とよばれる表情であり、「さあいいお顔してちょうだいね」と請われた子ども自身は、笑っているつもりなのだが、その表情は笑った時のものとは異なっているのである。ただ鼻のつけねにしわが入っているだけの、むしろ誰かをにらみつけているような顔。つまりこの時期、子どもは可笑しいという感情から自然に発露する表情を、意識的につくることができないのだ。

「実は笑ってる、今？」

アンに聞いてみる。

「へ？」

「いやまあ、ごめん、つづけて」

アンとルリとニナは、その昔、理想的な三つの願いを、考えに考えたのだそうだ。罠にはまらない、未来永劫後悔しないですむような、充実した願いごとを。

「で、決まったの？」

カズが、興味深そうにたずねる。

「うん。あのね、新宿の伊勢丹をください。それが、第一の願い」

「第二は？」

「とっておく」

「うん、保険は必要だからね」

「第三も？」

「物欲と保身にまみれた三つの願いだなあ」

「だけど、あのころのデパートって、世界中のすべてのものを売ってるような気がしなかった？」

デパートをもらったとしても維持が大変なので、その願いはやはりリカヴァリーを必要としてしまうのではないか、という素朴な疑問をわたしが呈すると、アンは両手をひろげ、肩をすくめた。

「小学生には、そんなことわからなかったのよ」

「結局、所有せざる者のみ真の幸福を得る、ってことかね」

「それ、誰の言葉？」

「おれ」

小学生といえばさ、と、カズがつづけた。

カリフォルニアにいたころ、イタリア系の一家が近くに住んでいた。一家は小さな食堂を営んでおり、時おりカズの家族もピッツァを食べに行った。たいへんに仲睦まじい家族だった。祖父母、父母、そして息子が三人。食堂で働いているのは祖父と父母であり、子どもたちは間借りしている家で祖母が面倒をみていた。カズは長男のディノと同級生だったので、ときおりかれらの家に遊びにいった。アメリカの家にはおおむねたくさんの額縁があり、そこには必ず家族写真が入っていたものだったが、かれらの家にはそれにもまして多くの額縁と写真があった。家族写真だけではなく、イタリアの風景、あるいは祖父母のさらに上の代の家族、そして子どもたちはぼんやりとしか関係を知らない、モノクロームの何人ものイタリア人たち。

ディノの祖母は手作りのスウィーツの名人だった。家にはいつも甘い匂いがたちこめ、カズと孫たちが走りまわるのを、祖母はキッチンから眺めていた。彼女はときおりイタリア語で、同じ言葉をつぶやいた。

「生きるのは大変」

と言っているのだと、ある日ディノが教えてくれた。

「だれに言ってるの?」

カズが聞くと、ディノは、

「しらない」

と答えた。

翌年ディノの祖母は亡くなった。葬られた町はずれの墓地に、何回かディノたちと遊びにいった。ディノの弟たちは、祖母の平らな墓のまわりを元気よく走りまわった。ディノは必ずイタリア語で短くお祈りをした。カズはお祈りを知らなかったので、なむあみだぶつ、と唱えた。ディノの祖母が作るスウィーツの中で、カズが一番好きだったのは、くるりとまるめたクッキー地の中にたっぷりのクリームがはさまっている菓子だった。ディノが車にはねられて死んだのは、カズがアメリカからフランスに引っ越す二ヵ月前のことだった。食堂は数日間閉じられていたが、次の週には開店した。

「ディノ、何歳だったの？」

「十歳」

「今もその食堂、あるかな、あの町に」

「ディノの弟たちが継いだみたい」

「あるんだ」

「うん、昔のままの、近所の人たちが通う食堂」

弟たちはたぶん、家族をもち間借りの部屋ではなくそれぞれ一軒の家をかまえ、たくさんの額縁にかこまれていると思うんだよ。カズが言う。だといいね。アンがつぶやく。

「でさ、おれ、もうずっと不眠でさ」

そう言って、カズはかばんから薬局の名前の入った白い紙袋を取りだし、中のブリスターパックを卓の上にあけた。すでに破いて中味が空になっている部分と、薄水色のカプセルがまだ入っている部分が、とびとびになっていた。

「どうしてきちんと端っこから飲んでいかないの」

聞くと、カズは真面目な顔で、

「なるほど。端からか」

と言った。

アンもかばんをごそごそしていたかと思うと、こちらは小さなきんちゃく袋に入っていたブリスターパックを取りだし、

「あたしのは、白の錠剤です。端からきちんと飲んで、空になったぶんは捨ててるよ」

と言った。

六十過ぎると眠剤が欠かせないものであるね、という結論で、その日の飲み会は終わったのだった。


二〇二一年が暮れた。明けて二〇二二年のお正月、わたしは一人で過ごしていた。年末に実家に行って相談し、正月は松が取れるまでは互いに家で静かにしていることに決めた。新型コロナは、オミクロンという名の新しい変異株があらわれ、しばらく前まで小康状態を保っていた世界のそこここで、ふたたび感染を広げていた。二〇二一年の十二月後半にニューヨーク在住の小説家とリモートで公開対談をおこなった時には、ニューヨークの感染者はかなりな速度で増えていた。小説家は、ニューヨークで最初にCOVID‐19の感染が爆発的に増えた時期に地域でもっとも患者が多く搬送された病院の、すぐ近くに住んでい

る。朝から晩までサイレンの音が響きわたり、家にこもったまま燎原の火のように厄災が広がってゆくのを、なすすべもなく眺めることしかできなかったその始まりの時期のニューヨークと、現在のニューヨークの雰囲気がとても似ていると、彼はパソコンの画面の中で静かに語った。

東京もたぶん同じようになるんじゃないかな、と実家を訪ねた年末に言うと、父はうなずいた。ウイルスはいろいろ繰りだしてくるからな。

あたしは人が集まるのが面倒だから、かえって助かる、と言ったのは、母。

まだ若くて飲んだくれていたころの父は、そういえばしばしば真夜中に同僚たちを連れ帰ったものだった。複数の酔客を、母はいつも適当にいなしていたが、実のところ母は大のお客嫌いだった。昭和の家父長制の価値観が強い時代に育ったから、「妻」の仕事として母は酔客をもてなしていたわけだが、翌日の母の不機嫌をなだめるのは、おもにわたしだった。何回か、父の同僚ではなく、見知らぬ客が泊まっていったこともある。飲み屋で知り合った相手を家までひっぱってきた父は、結局母よりも先に眠ってしまい、これまた酔って寝入ってしまった客のために布団を敷くのは、母とわたしの役目だった。

「あたしは宿のおかみじゃないのよ」

と、いつも母は文句を言っていた。

見知らぬ客は、翌日になると倉皇として平謝りに謝りながら去ってゆくのが常だったが、一人だけ、三日間家に泊まっていった剛の者もいた。ぼくはペンキ屋の仕事をしながら司法試験をめざしているのです、と彼は言い、一泊めの翌朝、ベランダの手摺のペンキの剝げを目ざとく見つけ、午前中のうちに車でとって返してきた。午後にはベランダだけでなく塀の傾きかけている部分やすべりの悪くなった扉のたてつけを、次々に直していった。

夕飯の時間になっても作業は終わらず、しかたなく母はコロッケと大根の味噌汁の夕飯を彼に出したのだが、もちろん父はどこかの酒場でその時刻は酔っぱらっていたはずである。けれど夕飯の席で、小説が好きだという彼とやはり小説が好きである母との会話は思いがけずはずみ、その日も彼は泊まっていった。帰ってきた父は、「お、まだいたか」と言ってから、「米山さんから雲がでた〜」と歌いながら、千鳥足で寝室に入っていった。

翌日もまだ家のメンテナンスの作業は続いた。わたしが学校から帰ると、彼は当然のように食卓で母がつくったおやつの大学芋を食べていた。おかえり、と明るく言われて、驚いた。その日も作業は終わらず、客間に敷いた布団に当然のようにもぐりこんだ彼は、すでに一年以上わたしの家に住みつづけている者のように感じられた。「ドラえもん」が世を席巻しはじめていたころのことである。昭和時代は、家に闖入してきた異質の者をなんとなく受け入れてしまう文化があったのか。終戦直後、家に何人かの遠縁の者が住みはじめたが、いったいそれがどんな関係の親類だったのかいまだにわからない、と語っていた年長の小説家を思いだす。いわく、納戸には母親と小さな娘、階段の下のおしいれにはやせた青年が二年ほどの間住み、青年はのらくろの絵を描くのがとても上手だった、小さな娘はほっぺたがあかぎれしていた、母親は妙に蠱惑的でまだ中学生だった自分はどぎまぎした……。

ペンキ屋兼司法試験受験生の彼は、それからもしばしばペンキ屋として訪ねてくるようになった。ベランダの手摺は、彼がべったりと塗ってゆく茶色のペンキに厚くおおわれつづけた。十数年後、彼は司法試験をあきらめて故郷の静岡へ帰っていったが、その後もずっと年賀状が送られてきた。

雑煮をつくり、駅伝を見ながら、数の子と酢だこで日本酒を飲んだ。久しぶりに昼寝をして醒めると、日が暮れていた。年に何回かやってくるさみしさが、うっすらと体に満ちてくる。一人でいることがさみしいのではなく、どうしようもなく誰かと一緒にいたい、という相手を自分が求めないことがさみしいのだった。そんな相手がいたことは、これまで一度もなかった。そもそも相手を求めていないことは、自分でも知っている。それなのにさみしいと感じるのは、まだ海を見たことのない人が海を恋うことと同じなのだろうか。いつか海に還りたいと願うことと同じなのだろうか。

理に走りすぎかと、すぐに思い返し、一月なかばにある文学賞の候補作を、寝床に入ったまま読みはじめた。あ、と思いながら、わたしの知らぬ人の書いた、わたしの知らないことごとの中に入ってゆく。他者の思考に自分がのみこまれてゆく心地よさと抵抗感と恐ろしさの中に、ゆっくりと溺れていった。

ロマン派

太極拳を教わっているのだと、そういえば十五年ほど前、二十一世紀に入って数年後だったかに、母から聞いてはいた。父と母は七十歳を少し越えたところだった。

中国から日本に移住してきたその夫妻は、中国料理店で働いていたのだが、生活はなかなかに苦しく、仕事の合間に近所の公園で太極拳を教えはじめた。ゆっくりと手足を動かしている人たちのそばに寄ってみると、小さな音楽が草の間に置かれたラジカセから聞こえてきた。夫妻は正面に立ち、教わる人たちは向かいあっているが、少しずつ体の向きがずれていて、動きもやはりずれていて、それなのにどの人も楽しそうにしているのがよかったから自分たちも教えてもらうことにしたのだと、たしか母は言っていた。

一ヵ月で五百円払うと、太極拳のいちばん基礎となる動きを教えてくれる。以来母と父は公園に通うようになった。父は最初あまり気が進まない様子だったが、通ううちに夫妻の夫の方と言葉を交わすようになり、ときおり安い飲み屋に連れだって行くようにもなった。そのうち飲み屋には行くが公園にはほとんど行かなくなり、父の太極拳の進歩はまったくはかばかしくなかったが、母は動作すべてを二ヵ月ほどで完全に習得し、やがて夫妻が千葉に引っ越して青空太極拳教室が解散になってからも、週に二回、家で律儀に太極拳をおこなう習慣を得たのだった。

その日、二〇二二年の一月はじめにも、母は実家のリビングで太極拳をおこなっていたが、片足立ちのポーズのところで、すべった。

「くつしたがね、もう古くなっていたことはわかっていたんだけれど、なんだかもったいなくてね、新しいのをおろすのが」

という言葉は、電話越しに聞いたのである。

転んだ母から弟に電話があり、動けないという母の言葉に驚いてかけつけると、床に横たわった母が、

「もうすぐ動けると思うんだけど」

と言う。もうすぐ、はなかなか来ず、片足立ちで弟にささえられて椅子に座ってからも、右足は意志の力ではまったく動こうとしなかった。救急車をよび、母は整形外科の病院に搬送された。そこからは、もう会うことはできず、連絡は電話でしかできなくなった。二〇二二年一月、日本のコロナ感染者数は第六波とよばれる急増期に入っており、搬送された日は、全国の新規感染者は二万人を超えていた。

六十代のころ、父は単身赴任をしていた。それまで属していた東京の大学を退官になり、北海道にある大学にポストを得たのである。

「ちょうど今のわたしと同じくらいだね」

と言うと、父は黙ってうなずいた。

「三十年くらい前のことになるよね。たしか、家事にはまって、毎日お弁当も自分で作っていたんじゃなかったっけ」

また、父は黙ってうなずいた。数年前に急性心不全で入院して、その後無事退院できたのはさいわいだったのだが、以来動作が遅くなり、足の筋肉が落ち、すり足でしか歩けなくなっている。これ以上筋肉量が落ちないよう、毎日ゆっくりと散歩はしているが、ときどき転ぶ。昔はよく怒鳴るので「ドナルド」と家庭内で呼ばれていたのがなつかしいくらい、今は小さな声しか出なくなっている。

母が入院して一人になった父だが、かつては一人暮らしもして家事も能くした父ならば、母が退院するまで実家で一人過ごすことができるのではないかとも一瞬考えたが、無理であることはすぐにわかった。わたしが住んでいるマンションには、四畳半の畳の部屋があり、最初は来客のための寝室と考えていたが、すぐに本が積みあがった物置部屋となり果てた。そこに父を連れてくることと決め、半日で片づけた。この数年で、一番の労働だった。なんとも軟弱なことである。

父と一緒に暮らすのは、四十年ぶりだ。実家にはしばしば父母の様子を見がてら訪ねていたので、退職してのちの父のことは、飲んだくれて家に帰らなかった昔の父のことよりもよく知っていると思いこんでいた。

けれど、そうではなかった。知っているのは、父の表層のうちの、百分の一くらいにすぎなかった。暮らしてみると、百分の七くらいはわかる。ような気持ちになっているだけだということも知っているが、わかる、その内実が具体的である。どのくらいの頻度で排尿排便をおこなうのか。夜中の睡眠のリズム。風呂に費やさねばならない時間。おとろえの度合いと、おとろえの来ていない度合いが、明確に得心される。

「ハハと今日は電話した？」

聞くと、うん、と言う。わたしが午前中に、父が午後に、弟は気が向いた時に、入院中の母に電話する、というルーティンが自然にできていた。電話はいつから誰も聞かない場所でするようになったのだっけと、少しばかり不思議になる。まだわたしが二十代のころ、実家の電話は食卓の横に置かれていた。喋っていることは家じゅうにつつぬけで、つきあっていた恋人とささめごとを喋るためにはわざわざ公衆電話にかけにいったものだった。夜中の公衆電話ボックスのガラスには蛾がはりついていた。内側から、とん、と叩いても蛾は飛びたたなかった。

「今日はおつうじ、あった?」

この前見た映画の感想を聞くような気持ちで訊ねる。便通は大変に重要な問題で、これがこないうちは父は散歩にも行きたがらないし、夜中の睡眠も不安定になる。

「まだだけど、たぶんあとすこしで」

人と一緒に住むということを、だんだんに思いだしてくる。一人でいる時には感じていなかった生活の具体性が、黒板にきれいにまとめて板書されてゆく心地である。会話や互いの動作の確認や二人でいることによって予定を定めなければならないことが、その具体性を描きだし定着させるのだ。

「人と暮らすって、けっこう面白いことだって思い出したよ」

そう言うと、父は少し困ったような表情になり、

「世話かけるねえ」

とつぶやいた。小さな声で。


「自分とは何なのか、とか、そういうことからはすっかり解き放たれているって思いこんでいたけど、違ったよ」

と、アンに言うと、

「え、まだ自分探し、してるんだ?」

と笑われた。

入院中の母に毎日電話をするようになって、電話癖がついた。父と生活することの中にどうしようもなくある緊張感を、紛らわせたいのかもしれない。その緊張感は、ごくわずかなもので、かつて結婚していた時のそれにくらべれば量としては十分の一くらいのものだが、質が少し異なる。ルームシェアができるくらい双方の体力気力が充実していれば、もっと事務的に時間が過ぎてゆくのだろうが、おとろえのある者とその助けをおこなう者の間には、必ず何かの傾斜が生じる。それで、このところしばしばアンに電話する。

「いやあ、体力があるうちは、自意識ってなかなかおとろえないなって」

「お父さんとくらべてみて、自分の自意識が感知されたっていうことか」

「んーまあ、そんなような、それとはちょっと違うような」

そもそも自意識とは、何だろう。という方向には話は進まず、それてゆく。

「一緒に散歩するんだけど、毎日」

「うん」

「その時に、昔は聞けなかったことを、一つずつ聞いてるんだ」

「なにそれ。インタビュー?」

「うん、父と個人的に喋ったことはあんまりなかったし、あの夫婦の謎はけっこうたくさんあるんだよ」

「あの夫婦、なのか」

「チチ、ハハよりも、あの夫婦、って感じだったねずっと、うん。で、この前はね」

母と父は、たぶん四十代のなかば過ぎごろ、互いから少し心が離れていた。そのころ母が突然、旅に出たいと言ったのだ。アジアの、はじめて聞く都市の名を母は口にし、一週間ほど留守にすると宣言したのだ。

もしかすると、タカハシさんのところに行くのかもしれないと、当時わたしはひそかに推測した。タカハシさんは、母がときどき会っていた男性である。といっても、タカハシさんと会う（とわざわざ報告して外出する）時、母はたいがいわたしを連れていった。報告しない時については、もちろん二人きりで会っていたかどうかは家族のあずかり知らぬところである。すでに高校生になっていたわたしは、母につきあうのが面倒だったけれど、一方で父以外の男性と会っている時の母に対する下世話な興味もあったので、同行したのである。

「きみは文学少女だと聞いたけれど、どんな作家を読むの」

最初にタカハシさんと母と三人で食事した時に聞かれたので、口の中のものをふきだしそうになった。わたしが答えかねていると、タカハシさんは文通をしないかと提案した。

「文通……」

「ぼくも文学好きだし、きみのことを知りたいし」

は？　と、言うかわりに、わたしはほほえみながら、

「では、ぜひ」

と答えた。今の職業に必要な好奇心旺盛さとアンモラルな性向と嘘つきの素質は、当時からじゅうぶんにあったということだろう。

タカハシさんの手紙は、ブルーの便箋にブルーブラックのインクで書かれていた。何やら思索的な文章の合間に、たまに誰かの詩の引用もはさまれていた。リビングで大笑いしながら読んでいると、母はわたしのうしろにまわり、開かれた便箋を一瞥したものだった。

「読む？」

と聞くと、

「いい」

と母は言った。

「だいたい、想像がつく」

「タカハシさんは恋人なの？」

「いいえ、いい人だけど。ねえ、わかるでしょう」

わかる、と思ったが、男女のことはわからないということも、なんとなく知っていた。タカハシさんといる時の母と、父といる時の母の違いが、わたしにはとても興味深かった。タカハシさんといる時の方が、母は放縦な様子になる。

タカハシさんのことは、父も知っていた。そもそもタカハシさんは母の遠い親戚で、まだ独身だったころから、父と母とタカハシさんと後にタカハシさんの妻となるヨリコさんは、しばしば一緒に遊んでいたという。父は昔からタカハシさんのことを、「ロマン派」と呼んでいたらしい。

母と父が結婚して少したってから、タカハシさんもヨリコさんと結婚し、わたしが中学にあがる前まで、タカハシさんはヨリコさんを伴って時おり実家に遊びにきた。ヨリコさんは酒をたしなまず、母と父とタカハシさんがビールを飲んでいる時はいつも所在なさそうだった。しばらくすると食卓から離れ、ヨリコさんはテレビを見ているわたしと弟のところにやってきて、いつも、

「遊んで」

と言った。

子どもに遊んでもらいたがる奇妙な大人だと思ったが、遊んでほしいのならしょうがないと思い、セブンブリッジかポーカーをしようかと提案したが、知らないと言う。それならばダイヤモンドゲームをしようと弟が言い、三人で盤を囲むと、必ずヨリコさんが負けた。負けたヨリコさんはぷいと横を向き、テレビに見入るふりをした。漫才が好きらしく、演芸番組を放送していると声をあげて笑った。その笑い声があまりに大きいので、びっくりしてまじまじと見たら、手の甲をつねられた。最初はふざけるように軽く、けれどわたしが見つめるのをやめないでいると、次第に力がこもった。わたしは声をたてるタイミングを逸した。

タカハシさんが離婚をしたのはそれから数年後で、けっこうな慰謝料を払ったのだと、母はこたつにあたりながらそっけなく言っていた。

タカハシさんとの文通は、三年ほど続いた。その後タカハシさんは転職し、アジアのどこかの都市にある支店の部長になったと聞いた。アジアに赴任してからは、文通も途切れた。母もタカハシさんの話をすることはなくなったので、てっきり縁は切れたと思っていた。

「で、お母さんの旅行先は、『ロマン派』のところだったの?」

アンが聞く。

「当時は、わからなかった」

もしかするとそのまま母が帰ってこないかもしれないという予感が、あの時はほんのわずかにあったのだが、結局母は予定通り一週間たったら帰ってきた。夕刻、がたんという音が玄関からしたので出迎えると、母は大きなスーツケースを玄関の土間に置き、うすいスカーフを首まわりからむしり取るようにしてはずした。それから無言で台所までおおまたで歩き、コップに水をくんだ。

一気にコップを干し、口のまわりをげんこつでぬぐい、母は大きなため息をついた。翌月から母は突然弓をはじめた。自転車で二十分ほどのところにある神社に弓道教室があったのだ。それ以前は体を動かすことを極端に嫌っていたのに、以来母は弓だけでなく、水泳、合気道、吹矢、そしてくだんの青空太極拳と、つぎつぎに身体性を発揮する習い事に没頭してゆくこととなる。

「で、この前散歩の時、父に聞いてみたの。あの時の旅行、母は『ロマン派』のところに行ったのかって」

「ずけずけ聞くもんだね」

アンは笑った。

「そういうのは、大丈夫なの、うちは」

「じゃあ、どういうのなら、だめなの？」

「言いつけ口とか？」

「下種なことは大丈夫で、下品なことはだめなのか」

「それそれ、下種ＯＫ」

父は、

「うん、よく覚えてるね」

とうなずいた。すり足で小股にしか歩けなくなっている父だったが、存外速度はある。

「あの時、チチはどう思ったの？　行くな、とか言わなかったの？」

父はしばらく等速度のすり足で歩きつづけた。それから、

「言ったけど、彼女はどんどん行っちゃう人だろう」

「まあ、そうだね」

「どんどん行っちゃうんだよ、ほんとにもう」

父は少し笑った。

「『ロマン派』と駆け落ちするつもりだったのかな」

「わからないよ。だけど、どんどん行って、どんどん帰ってきたねえ、あの時は」

父のその言葉にわたしが笑うと、父もまた少し笑い、それから真面目な顔に戻って、すり足をつづけた。

「持ってきた本は全部読んでしまったから、何か貸してほしいな」

散歩の道順の最後の方になってから、父がつぶやいた。

「どんな本がいい？」

「歴史関係の本かな」

帰ってから、四畳半の積ん読の中にまじっていた『日本の歴史』の一巻目を渡したら、父はすぐに読み始めた。昔と同じように広いが、密度がうすくなったように感じられる背中をまるめ、父は大きな虫眼鏡をページに当てて、夕飯までずっと読みふけっていた。

「この『日本の歴史』、知っている歴史と、少し違うんだよ」

と言いながら、父は毎日数時間ぶっつづけに本に没頭した。網野善彦が編集委員をつとめる全二十六巻のシリーズの一冊めは「『日本』とは何か」の巻で、巻数は「第1巻」ではなく「第00巻」となっている。シリーズ全体を俯瞰し、またシリーズのコンセプトを総括する巻であるらしい。四日ほどで父が読破してしまったものを、わたしも最初から読んでみた。冒頭に「環日本海諸国図」という地図が載っていて、目をひかれた。「日本列島をアジア大陸から見るような形で、大陸の上によこたえ」た地図、という説明がある。通常の地図の日本を、百八十度回転させ、日本の下に大陸と朝鮮半島が置かれるかたちとなっている。通常の地図では、日本の周囲を太平洋と日本海が囲んでいるように感じられるのが、この地図では、日本海を、サハリン・大陸・朝鮮半島・日本がぐるりと囲んでいるように感じられる。それらの陸地が、あたかも大きな円を描いたひと続きの陸地であるかのように。

夜中寝床の中で読んでいるうちに、最初は目がさえたが、やがて眠くなり、読みかけたまま一瞬寝入り、顔の上に本を落とした。痛みにうちひしがれながら、しばらくじっとあおむけになっていた。父の寝ている四畳半から、音が聞こえた。夜中父は、お手洗いに二回は起きる。今回は、おそらく一回目だ。この時間で一回目だとすると、今夜は三回お手洗いに行くかもしれない。すー、とふすまの開く音がして、はた、はた、はた、という足音が続いた。

「日本の歴史、面白い?」

散歩の途中で、聞いてみる。

「うん」

「集中して読んでるよね」

「そうだねえ。ぼくもねえ、もうじき死ぬのに、なんで知らないことをもっと知りたくなるんだろうかね」

すり足で、ほとんど表情をつくらず、父は言った。

「来週死ぬってわかったら、読むの、やめる？」

「やめない」

ゆうべ食べた鱈がうまかったよ。父は小さな声でつづけた。なんだか自分が何もできない子どもに戻ってる感じがするな。幼稚園児だね、まるで。

「幼稚園児より扱いにくいよ」

そう言うと、ははっ、と父は笑った。いつもよりも大きな声だった。

その夜、また『日本の歴史』00巻の続きを寝床で読んだ。「サハリンと大陸との間が結氷すれば歩いて渡れる」という文章と「環日本海諸国図」を交互に眺める。歩いて渡るとすれば、サハリンの北西部からハバロフスク地方あたりへか。太極拳を教えてくれていた夫妻は、その後中国に帰ったと、昨日の電話で、母から聞いた。明日の夕飯は鰤を焼こうか。

気がつくとまた寝入っていて、顔の上にふたたび本を落としかけたが、今度は顔を打つ一瞬前に腕に力を戻し、本を持ち直すことができた。四畳半の方から、父のかすかな鼾の音が聞こえてくる。しばらくすると鼾が急に高くなり、心配になったので起きていって四畳半のふすまを静かにあけると、父がふとんにきれいにおさまって寝ていた。どんなに酔っている時も、鼾をやかましくかいている時も、寝相だけはいい人だと、昔から母が言っていた。ロマン派は、十年前に亡くなった。妻だったヨリコさんから母に連絡があったのだ。ふすまをまた静かにしめ、お手洗いに行き、寝室に戻った。明日は鰤ではなく鰯をひらいたものを軽くソテーしようと決め、目をつむった。

最初に読んだ三島由紀夫の小説は

二〇二二年の三月に、父が実家に帰っていった、その三日後にアンから電話がかかってきたのである。

「そうか、帰ってしまったか、朝見のチチは」

アンは、いつもより少しばかり早口で、そう言った。

「うん、帰っていったよ」

「どんな感じ?」

楽になったかといえば、さほどでもなく、さみしいのかといえば、さほどでもなく、ただ「いなくなってしまった」と思うばかりだった。しばらく共に暮らし、父という人の記憶が上書きされたのに、帰っていってしまったので、ふたたび父の記憶が以前のものに戻ってしまい、上書きされた分はどこかに消えてしまっていた。古くから堆積した記憶は、おそらく捏造されたり改変されたりしているにもかかわらず、なんと強固に記憶の中にとどまり続けているのかと、あっけにとられるところもあった。けれど、そのことをうまくアンに説明できない。

「あたしのところは、やってきたよ」

アンがそう言ったので、え？　と聞き返した。

「実は先月から、うちに、いる」

「いる？」

「住みついた」

「猫型ロボットとかが？」

「あたしたちの世代は、猫じゃなく、お化けじゃない？」

「そうだね、ドラえもんは、もひとつ下の世代だ」

「オバQでもなくて、そのう、恋人」

「恋人」

なぜ新型コロナ禍の今の時節にわざわざ。とも一瞬思ったが、時節で恋人と住み始める始めないを決めるものではないだろう。

「恋人って、なんだっけ」

かわりに、そう聞いてみた。

「難しい質問だね」

「そう？」

「昔は、恋人の何たるかを知悉してた気がするけど、このごろ、不如意になった」

「不如意」

アンの恋人は、アンよりも一回り年下だという。

「とすると、五十歳と少し？」

「五十四歳」

「どんな人」

「よくわからないよ」

「そういうものか」

「そういうものだよ」

もっと聞きたかったけれど、面倒な気もして、でももしかすると聞いてほしいのかもしれないとも思い、まどっているうちにアンの方から電話を終えた。

新型コロナ以前ならば、こういう時は絶対に飲みにいったものだったけれど、二〇二二年の三月に入っても、オミクロン株の感染者はまださほど減っていなかった。蔓延防止法とやらも出ている。カズはアンに恋人がいることを知っているのかなと、少しだけ思ったが、それについて確かめることも、なんだか面倒だった。仕事仕事、と歌いながら、パソコンの電源を入れた。

うちに来ない？　とアンに誘われたのは、四月だった。

「三回目のワクチン、打ったでしょ？」

「うん。まあ」

「六十歳以上は、接種券が来てるものね」

「うん。まあ」

アンとわたしとカズとアンの恋人。四人でアンの家で飲まないかというのだ。

「カズは、なんて？」

「まだ声かけてない。朝見の都合いい日が決まってからと思って」

都合いいも悪いも、外に出る予定は、ほとんどない。仕事もほぼリモートだ。

「恋人は、もうワクチン打ったの？　五十代だと、まだ接種券は来てないいんじゃない」

「そうなんだ、奴め、若者だなあ」

「五十代のその若者だけ、抗体価が上がってないけど、いいの？」

「いいんじゃない？」

やはりアンの声が、以前より少し早口である。

「都合は、たいがい、いいよ」

「じゃ、夏野さんにも連絡して、予定を聞いてみる」

アンがそう答えてから、けれど三週間ほどが過ぎても、音沙汰がなかった。すぐさまアンの恋人に会いたい、という気持ちはない。と思ったとたんに、やはり会ってみたいものだと気持ちが裏返り、でもやはり少しばかり億劫なのだ。連絡がないので安堵している。

カズに、電話してみた。

「アンから連絡、あった?」

あった。金曜日か月曜日の夜がいいって答えた。カズが答える。

「けっこう忙しいんだね」

「ほかの曜日でもいいんだけど、金曜日と月曜日が、一番所在なくて人に会いたくなるっていう統計の結果を、おれ、この二年間かけて得たんだよ」

「統計」

「うん、スマホの日記の中の、所在なかった日に、印をつけてみて」

「印って、どんな」

「アットマーク」

「なんか、所在なくなさそうなマークだね」

「ちょっと失敗したかもって、途中で思った。でもあれ、じっと見てるうちに、だんだん所在なくなってくる。かたつむりっぽいからかな」

アンに恋人がいることを知っていたのかと聞いてみた。知らなかったとの答えである。

「あなたが知らなかったのに、おれが知ってるわけないじゃない」

ふうん、とわたしが返して、それきり会話が少しとだえた。

「アンのうちに行くとき、お土産は何にする？」

「酒」

「じゃあ、わたしはお酒じゃないものにしよう」

「酒でいいよ」

「恋人がお酒飲むかどうか、わからないじゃない」

「飲まないなら、飾っとけばいい。または、おれたちで飲んでやればいい」

知らない人間と会うのを、わたしはやはり面倒だと思っている。カズと話しているうちに、そのことがわかった。それが、新型コロナのもとでの引きこもりがちな生活のためなのか、あるいは年齢相応の気持ちのありようなのかは、不明だ。

「金曜日と月曜日の、どっちがより所在ないの？」

「月曜日だな」

カズはきっぱりと答えた。アンから日時の連絡があったのは、その翌週だった。

アンの家が、片づいている。さほどしばしば訪れていたわけではなかったが、数年前までは半年に一度ほどは互いの家に行き、だらだらと喋ったものだった。どの時も、安穏な様子に散らかっていた。

「タイラが、整頓しちゃって」

アンは、照れたように言った。リビングにあった本棚は、以前は本の間に妙な人形がつっこまれていたり、奥の列と手前の列にぎっしりと積み上げられた文庫の隙間に小さな花瓶が不安定に置かれその中に枯れたネコジャラシがささっていたりしたのだが、今は本以外のものがない。文庫本と単行本は別の棚に並べられ、よく見ると分野別にまでなっていた。英語のペーパーバックをまとめた棚もある。

食卓にも、胡椒ひき、はちみつの瓶、何日分かの新聞、せんぬき、ハンドクリームのチューブなどが片隅にわだかまっていたのに、今はすべてがどこかへ運び去られてテーブルクロスがかけられ、中心には小さな花瓶に桜の小枝をさしたものが置かれている。花瓶は、以前本棚で枯れたネコジャラシがささっていたものだが、その時よりもはるかに風格があるように感じられて、少しいまいましい。

「タイラ」は、眼鏡をかけてセーターを着ていた。眼鏡にもセーターにも恨みはないが、眼鏡が似合っていることやセーターが上等そうなことも、少しいまいましかった。

「なんだか緊張してる？」

カズがささやいた。

「自分にいろいろ言い聞かせてる」

「何を？」

「フレキシビリティーを持ちなさい持ちなさい持ちなさい、って」

カズはわたしのつぶやきを聞かなかったような何くわぬ顔で、

「夏野です」

と、「タイラ」に言い、頭をひと揺らしした。

「八色です」

と、わたしも言い、にっこりしてみせた。小説家などをしていると、時おり写真を撮る機会があるものだが、その時に「にっこりしてください」という要求に応えることほど不得意なことはない。「にっこり」的な表情をつくったとたんに、瞼がびくびくとふるえ、持ち上げた口角のあたりも痙攣する。写真は瞬間をとらえるから、ふるえも痙攣も写真にはうつらないが、後に雑誌などに載ったその写真を見た時にも、反射的に口角や下瞼がこわばる。

「タイラ」も、にっこりした。なめらかな笑顔である。眼鏡ごしに、こちらの目をきっちりと見てくる。すぐにわたしは目をそらした。タイラの視線が強い。口角と下瞼のふるえをさとられないよう、アンの方を向いた。

「というわけで、まあ、お酒でも飲みますか」

アンが言った。タイラは、音をたてずにアイランドキッチンの流し側に移動し、すでにボウルに盛ってあった野菜にドレッシングをかけ、まぜた。冷蔵庫からは大きな皿をとりだし、かけてあったラップをはずした。

ボウルと皿を手に持ち、タイラはまた音をたてずに食卓に戻ってきた。

「まあ、おひとつどうぞ」

タイラは言い、ボウルと皿を、これも音をたてずに食卓に置いた。フレキシビリティー。心の中でつぶやく。カズが愉快そうにこちらをうかがっているのがわかったが、無視した。


お酒を飲んでいるうちに、いまいましさは少し薄まった。けれど、いろいろなことがどうでもよくなる安穏な状態には、まだ全然達していない。

アンがいつも出してくれるつまみとは違う皿が幾種類かでてきたので、どのようにそれらを作るのかをタイラに訊ねることでもって、タイラについて何かを感じることを回避しようと試みた。

サラダにミントときゅうりをとりあわせることと、もやしのひげ根を取ることで、しばらく座がにぎわった。

「ひげ根を取ると、もやしってこんなにおいしいのかって、びっくりしたのよ」

アンが言った。

「うん、ほんとにおいしいね」

「澄んだ味になるんですよね」

と言ったのは、タイラ。カズは黙ってワイングラスの柄をさわっている。

ひげ根についてもミントについてもすっかり話しつくされたころ、またタイラが立ち上がり、アイランドキッチンのコンロの前に立った。中華鍋をコンロの下の戸棚から出し、しばらく火にかけてから、ごま油をたらした。

じゃ、と景気のいい音がたち、卵が鍋の中でかきまわされる。すぐにざく切りにしたトマトも投入され、ほどよい塩加減の熱々の一皿ができあがった。

「料理番組みたいだね」

カズがつぶやいている。

「ねえ、二人ともそんなによそよそしくしないでよ」

アンが小声で言った。

「よそよそしくなんかしてないよ」

「してないしてない」

カズと二人で声をそろえる。

タイラは、トマトと卵の炒めものの載った黒い皿を食卓に置いた。とん、と音がした。すぐにわたしは皿に載せてある取り分け用の大きな匙を持ち、自分の皿によそった。少しだけ、会話をしないですむように。実際のところ、トマトと卵は、たいへんにおいしい。タイラに好感をもつ。センスがよくてふるまいも申し分のない人間なのは、たぶん生まれつきだけではなく正しい努力をおこなってきたからで、それを煙たく思うのは見当違いにきまっているのだから、もっとタイラに対して公平になりなさい、と、自分に言い聞かせる。

「おいしいですね」

と、タイラに向かってにっこりする。このたびは、瞼や口角はふるえなかった。タイラの目も、三秒ほど見ることができた。よし百歳まで生きたとしても、この偏屈で理不尽な性格は変わらないだろうなと思い、百歳の自分が、対面した人の目から自分の目をそらしている姿を想像してみる。百歳の自分。想像できない。自分を年取らせることができないのではなく、その年まで生きる力が自分にあるとは到底思えないのだ。

この前の誕生日に、父から言われた言葉を、ふと思いだす。

ぼくは九十歳を超えて生きてしまったのだから、きみももしかするとそのくらいまで生きるかもしれないよ。そうすると、あと三十年近く生きるっていうことだろう。三十年間の計画を、ちゃんとたてたまえよ。

父のその言葉に、めまいをおぼえた。そもそも今までの人生、計画をたてたことは一度もなかった。流されつづけた人生。

うん。素直に答え、父に向かってうなずいた。(ごまかしたな)と、父の表情が語っていた。でも、父はそれ以上何も言わなかった。

「タイラって、結局苗字だったの、名前だったの？」

ビールを飲みながら、わたしはカズに聞いた。カズは生のウイスキーをチェイサーつきでちびちび飲んでいる。

アンのところには、三時間ほど滞在した。四人でワインを一本あけ、タイラの淹れてくれたコーヒーを最後に飲んだ。たいへんに、おいしかった。ていねいにあいさつをして、カズと二人で退出した。部長に呼びだされて叱られるよりも疲れた。部長に呼びだされたことは一度もないのだが。

「苗字だといいな」

「なぜ？」

「平家の末裔っぽいじゃない」

なるほど、平家の悲哀が、タイラには感じられたような気もする。

「ねえ、そんなにアンのことが好きだったの？」

カズが言った。わたしの顔をのぞきこみながら。

「どうして」

「タイラをそこまで嫌うのは、尋常じゃないような気がして」

そこまで嫌ってはいないつもりだったが。

「なんか、旅に出たい感じ」

わたしが言うと、カズは笑った。

「アンに失恋した傷心を癒すための？」

「タイラのこと、そんなに嫌いじゃないよ」

「じゃあ、単に苦手なタイプなの？」

「……それだけじゃないと思うけど。アンの恋人には、何人か会ったことがあるけど、タイラほどちゃんとした人は初めてだったから、びっくりしたのかも」

「うらやましいの？」

「それはないような気がするなあ」

アンは、うきうきしていた。恋をした時にうきうきとしていられることは、存外少ない。恋はおおかた困難なものだったような気がする。歓喜三％、困難四十八％、不安三十二％、その他言葉にできない感情十七％。タイラとの恋は、なかなかによろしき恋であるにちがいない。

「平家の落人部落にでも、一緒に行くか」

チェイサーの水を、ウイスキーのショットグラスに少したらしながら、カズが言った。

「それ、どこにあるの」

「日本各地にあるよ。おれ、平家が好きなの。源氏より。一家で仲良しだから」

「仲良しだったのか」

「うん。なかなかいい血族だったよ、かれらは」

「そのうち、行ってもいいね」

バーにはわたしたちしか客がいない。バーテンダーはマスクをしてカウンターの遠い場所に立っている。

「一杯、いかが」

カズが声をかける。

「では、ビールを」

バーテンダーは答え、小さなグラスにビールをついだ。ほどよい量の泡がたち、その泡を見ているうちに、突然ほんとうに旅に出たくなった。

「これから、どこかに行っちゃおうかな」

「どこに」

「そんな遠くないところがいいな。静岡とか」

「そういえば、三島由紀夫って」

「三島……」

「三島のデビュー作って、『花ざかりの森』でしょ、たしか」

「たしかね」

「『花ざかりの森』が載ったなんとかっていう雑誌の編集会議で、ペンネームが決まったんだって」

「そうなの？」

「編集会議は三島で開かれたんだけど、その時の編集委員たちが東京から電車で三島まで行った、だから、ミシマユキオになったって、いつか酒の席で聞いたことがある」

「えー、何その適当な話。かつがれたんじゃない？」

「いや、その時の編集会議に出てた学者の弟子だっていう人が言ってたし」

スマートフォンを取りだし、三島由紀夫を検索してみた。ペンネームの謂われの項もあったけれど、カズの話とは少しばかり違う。ただ、「三島」はたしかに地名の三島由来らしい。「ゆきお」の方は、車窓から見た富士の白雪が美しかったから「雪」由来だとある。三島には、アンと一緒に行ったことがあった。都心でただ会ってランチをする予定だったのが、二人ともなんとなく少し遠くに行きたくなって、新幹線に乗ったのだ。まだ四十代のころだったか。駅前にある庭園のようなところをぶらぶら歩いた。動物園と遊園地があり、遠足の子どもたちが赤と白の体育の時の帽子をかぶって列をつくっていた。日が暮れてからビジネスホテルに部屋をとり、勧められたすし屋に行った。可もなく不可もないすし屋だった。

「アン、うまくいくといいね」

バーテンダーがビールグラスを手にするのを見ながら、わたしはつぶやく。

「うまくいくさ」

「そう?」

「ずっと一緒でも、別れても、どっちでも、結果的にはうまくいったってことでしょ」

「なにそのまとめ」

タイラの眼鏡のかたちを思いだそうとしたけれど、思いだせなかった。最初に読んだ三島由紀夫の小説は、母の本棚にあった『美徳のよろめき』だった。日記に書きこむ所在ない日の印を、自分なら何にするだろうかと考えた。しばらく黙ってそんなよしないことを考えていたら、カズが手をのばしてきて、わたしの頭のてっぺんを、つるっと撫でた。なるほど撫でるのか、と思って、うなずくと、カズはショットグラスをゆっくりと口もとにはこんでゆき、笑いながら飲みほした。

水でぬらすと甘い匂いがする

空漠とした心地になるのは、朝でもなければ夜でもなく、午後二時ごろだ。

「それはちょうど昼ご飯のあとの眠気がくるからなんじゃない？」

と、アンはすぐに指摘した。

まったくもってそのとおりなのだが、もう一つその奥に何かが、と思いつつ、いやまあやはりただの眠気なのかもしれないとも感じ、返事ができなかった。

「夜は、眠くなったら寝ちゃえばいいから、空漠とする暇もないしね」

容赦なく、アンはつづけた。

タイラさんとはその後、どう。アンを訪問してからひと月ほどたったころ、連絡してみたのである。

「まだいるよ」

「まだ」

「ずっといるよ」

「ずっと」

「何が言いたい」

何も言いたいことはなかった。訪ねた時には釈然としないものがあったのに、数日たつとタイラとアンの二人の佇まいがしっくりしていたことばかりが記憶に残り、つつがなく二人で過ごしてほしいものだと思うようになった。何かの防衛反応の一種にすぎないのかもしれないが。

アンと電話をしているのは、二〇二二年の六月。ロシアのウクライナへの侵攻が二月末に始まってから、すでに三ヵ月以上が過ぎており、アンとの電話の数日前に、わたしの小説をポーランド語訳してくれている長瀬ユリアさんと、久しぶりに会ったところだった。

長瀬ユリアさんはわたしよりも十歳ほど年下、生まれ育ったポーランドから日本の大学に留学し、その時に知り合った建築家の長瀬杉生さんと結婚し、以来ずっと日本に住んでいる。ユリアさんも夫の杉生さんも骨董が好きで、ことにユリアさんは年々骨董にかける情熱が増しているように感じられる。

「新しい壺がうちにやってきたから、来ませんか?」

と、ユリアさんから電話があったのは、五月の終りだった。

新しい壺、というのは、常滑《とこなめ》の壺であるらしかった。

「常滑の壺ですか」

「壺です。ずっと欲しかったもので」

「すぐには手に入らなかったんですね」

「はい。ようやく中野さんが手に入れてくれました」

中野さん、というのは、ユリアさん行きつけの骨董店の店主である。何回かわたしも顔をあわせたことがある。ユリアさんと杉生さんの家の庭には、大きな桜があり、花の季節になると、花見の会が開かれるのである。家は十五年ほど前に建てられた。桜を見るためだけの庭と広いリビングルームをみずから設計した、という杉生さんの言葉に、わたしは少しばかり鼻白んだものだったが、たしかにリビングルームの広い窓からみえる満開の大きな枝垂桜一本と、群生する下生えのシャガの花は、一幅の絵のごとく美しかった。

花見の会には、いつも二十人くらいの人々が訪れる。午後三時ごろから会は始まり、夕方までいて暇を告げる人もいれば、夜の九時過ぎにやってきて灯りに照らされた夜桜に見入る人もいる。

中野さんは、夜桜派、というか、中野さんによれば、

「ほんとは昼から飲んだくれたいんだけどさ、店があるんで夜桜になっちゃう。日の光をびかびか浴びたここの桜も見たいもんだよな」

だそうだ。中野さんは、骨董という、その世界を知らないわたしからすれば敷居の高そう

な場所に属している人とは思われぬ、乱雑な印象の男である。中野さんの乱雑さが、けれどわたしはあんがい心地いい。

杉生さんは中野さんの店にはほとんど行かないらしい。

「私とは向きが違うんです」

ユリアさんは言う。「好み」を意味する向き、という言葉は、西洋骨董商である弟もしばしば使うわけだが、小説の中で使おうと試みても、なかなかうまくゆかない。

「ほんとは、杉生は、中野さんの骨董に対する目を信用してないみたいです」

とも、ユリアさんは言っていた。くすくす笑いながら。

新型コロナの流行が始まってから、花見の会は開かれていない。二十人もの招待客たちのために、杉生さんは前の日から仕込みをおこない、煮しめやら肉のかたまりをローストしたものやら幾種類ものサラダやら巻きずしやらを用意していた。ユリアさんも、ポーランドふうの餃子やじゃがいものパンケーキや、ユリアさんが「タタール」と呼ぶタルタルステーキを作ったものだった。

「今年は、少人数でお花見をしたのですよ。でも、八色さんには声をかけませんでした。八色さん、本当は桜にあんまり興味がないでしょう」

ユリアさんは言った。

「いやまあ」

桜に興味がない、というよりも、桜の季節のためだけに設計された家という酔狂、またあるいは風雅、ともいえる、そのような精神に興味がないだけで、桜が嫌いなわけではない。

「それより、壺の方が、八色さんは好きだと思いました。中野さんも、招待しました」

タイラとは正反対の印象の中野さんに久しぶりに会うのも悪くないな、とわたしは思ったのだ。否定したかったがやはりタイラには違和感を覚えている自分を、再確認させられた気分でもあった。

「はい。壺、見せてください」

おとなしく、そう返事した。ユリアさんと杉生さんの家は、わたしの住まいから電車で二駅、そこからバスで三十分ほど北にのぼったところにある。


中野さんは、白髪がふえていた。年のころは、おそらくわたしとほぼ同じくらい。中央線ぞいにある中野さんの店「なかの」にも、ユリアさんに連れられてわたしは十年ほど前に一度行ったことがあるのだが、なかなかに品格のある店だった。けれど中野さんその人は、端正なその店の中に置いてみても、どこかがはみだしてしまっていた。

茶碗や、模様のある皿などがぽつぽつと並べられており、それぞれの値段は、老眼鏡をかけなければ見えないほどの薄い小さな数字で書かれていた。あるいは、数字の書かれていない軸ものや、小さな仏像などもあった。

店に入ると、ユリアさんは、ゆっくりと一点一点を眺めていった。美術館にいるような心地だったが、さほど広い店ではないので、わたしの鑑賞はすぐさま終わってしまった。

ユリアさんは、小皿をひっくり返し、底をしげしげと見ていた。「なんでも鑑定団」に出演する鑑定士たちのように、両手でそっと皿を掲げもち、元に戻す時も、まったく音をたてず、棚板に吸いつかせるように置いた。

何もすることがなかったので、皿を鑑賞するユリアさんの横顔を、わたしはぼんやり眺めていた。

「きれいだよねえ」

中野さんが言った。

「ええ」

うすぼけたような皿だったので、きれいとはあまり思わなかったが、穏当に返事をした。

「景色がいいでしょ」

中野さんは続けた。

「景色?」

「うん。ぴかぴかしてなくて、どっちかっていうとすすけてるけど、それが年月の積み重なったすすけでさ、そういうの、景色って言うのよ」

中野さんは、へへ、と言いながら、そう説明した。

「年月がたたないと、景色、っていうのは、あらわれないんですか？」

聞いてみた。

「最初から景色のいいものもあるけど、年月がたつと、もっといい景色になるよな」

「いい景色にならないものも、あるの？」

「あるよ。だからさあ、俺とか」

そう言うなり、中野さんは、だはははは、と笑った。ユリアさんは、中野さんとわたしのやりとりにはまったく加わらず、さきほどの皿の隣に置いてあった茶碗を手に取って、しげしげと見ていた。店の奥から中野さんより年配の女性がお茶を持ってあらわれ、小さな卓に二人分を置いた。茶托も茶碗も、古いものらしかった。お茶は、とてもおいしかった。年配の女性は、中野さんのお姉さんだと、あとでユリアさんから聞いた。なるほど、顔立ちの中に共通するものがあったような気もする。中野さんに落ち着きを与え、さらにほんの少しの昏さを加えた、そんな印象の女性だった。


「年とったねえ、みんな」

というのが、中野さんの第一声だった。

「この前会ってから、まだ三年しかたってないですよ」

わたしが言うと、中野さんは、

「年とるのって、いいじゃん。ほら、景色もよくなるし」

と言い、だははは、と笑った。

「景色、ねえ」

ユリアさんが肩をすくめる。

「日本は骨董を楽しむ人間の多い国なのに、やたらアンチエイジングだのいつまでもつややかな肌だのってうるさいのは、たしかにつまらないよね」

杉生さんが中野さんに賛同する。

「だよね。肌のつやつやをなくすために、筒ものや丼を池に沈めて味つけたりする小説があるくらいだしね」

「もしかして……志野筒形グイ呑み？」

わたしが口をはさむと、中野さんは嬉しそうに、

「そうそう、金魚のC子に懸想する奴」

と言った。藤枝静男ですね、とユリアさんが続け、杉生さんは首をかしげている。

「それ、どんな小説なの？」

杉生さんが聞いた。

「だから、志野筒形グイ呑みと金魚が恋をして……」

「ああ、もういいです。ぼくは、ユリアや八色さんが好きそうな小説は、よくわからん」

「俺も、小説はよくわからんな。でも『田紳有楽』は、なんか愉快だった。志野は、俺、大好きだし。鼠志野、一回くらい扱ってみたいもんだよなあ」

と、中野さん。

今度は、わたしが首をかしげた。ねずみしの？

「ねずみ色っぽい志野の焼き物のことでさ、いやあ、東博にある秋草の皿とか、いいよなあ。ほしいよ、俺」

と、中野さんがうっとり言うので、東京国立博物館・鼠志野、で画像検索してみたら、たしかにいい感じの四角い皿だった。

「幾らくらいで買えるの？」

聞くと、中野さんは少し考えてから、

「二億とか三億くらい？」

と答えた。ひゃあ、と声をあげたら、また中野さんは、だはははは、と笑い、

「だからさあ、来世になってもそのまた来世になっても俺には買えないわけだけど、まあそれはそれでいいわけよ」

と結んだ。杉生さんが冷蔵庫をあけ、皿を出してサランラップをはずした。タイラと同じ動作だな、と思いながら見ていたら、食卓まで杉生さんは皿を運んできて、音をたてずに置いた。これもタイラと同じである。ユリアさんがぐい吞みをのせたお盆を持ってきた。白磁

や茶色い陶器のぐい呑みが、人数分ある。好きなので飲んでください。ユリアさんが言うと、中野さんがまっさきに手をだした。

「李朝、好きなんだ俺」

そう言いながら、白っぽいのをわしづかみにした。タイラや杉生さんやユリアさんにくらべ、無造作な手つきである。わたしも、中野さんにつづいて、白地に青い模様のあるものを手に取った。見る目を試されているようで、少し気ぶっせいだった。

「ポーランドって、ウクライナの人たちをいっぱい迎えてるんでしょ。たいしたもんだね」

中野さんが言った。

「たいしたもん……」

つぶやくと、中野さんは、また、だははは、と笑い、

「そう。そういうのが、たいしたってもんだよ、ねえ?」

と、わたしに顔を向けた。白地に青い模様のぐい呑みを、わたしは握りしめ、

「それは、そうですね」

と、小声で言った。

ユリアさんが中野さんから買った壺は、高さ三十センチに満たないほどのものだった。

底から首に向かって胴が太くなってゆき、下から五分の四くらい行ったところで、ふたた

び胴はせばまっている。壺の口と底は、同じくらいの大きさだ。色は、茶色というか黒というか灰色というか、それらがすべて混じったような色である。これをして、「景色」と言うのだろうか。ずいぶん昔に作られたのだろうな、という感想しかうかんでこない。

「この曲線がいいのですよねえ」

ユリアさんは、嬉しそうに言った。壺は、食卓のまんなかに置かれている。さきほどユリアさんが、待ちかねた、というふうに隣の部屋から壺をかかえてきたのである。

「それ、食卓に置くの？」

杉生さんが、少しばかり迷惑そうに言った。

「だめですか？」

「いやまあ、だめっていうんじゃないけど」

「これに桜の枝入れたら、けっこういいんじゃないかな」

中野さんが言った。

「少し近すぎない？」

杉生さんが言う。

「そうかなあ」

「骨壺と桜って、なんか似合いすぎでしょう」

骨壺？　びっくりしてわたしが問うと、ユリアさんが首をふった。

「骨壷だったかどうか、わからないです。お経をおさめていたものかもしれないのですよ」

「いや、これきっと、骨壷だよ」

と言ったのは、中野さん。

「だって、乾いてる時にはしないんだけど、水でぬらすと、甘い匂いがするもん」

「甘い匂いって？」

杉生さんが聞いた。

「骨って、甘い匂いがするじゃん。ためしに水でぬらしてみて、みんなで匂ってみなよ」

そう言うなり、中野さんは壺を三人に順番にかがせた。

「なんの匂いもしないですね」

ユリアさんが言う。杉生さんもわたしも、うなずいた。

中野さんは壺をかかえてシンクにゆき、いったん水を入れてから、こぼした。ほら、と言いながら、ふたたびユリアさんの鼻先に壺の口をもってゆく。

「ああ、たしかに甘いですね」

「八色さんも、どう？　小説の役に立つかもよ」

そう言われたので、壺の上に顔をもってゆき、深くかいでみた。むっとした獣くさい匂いがして、えずきそうになった。最後に杉生さんが、壺の口に手をかざし、あおぐようにして匂いをかいだ。

「なんか、土くさい？」

杉生さんは首をかしげた。

「全然甘い匂いじゃないと思う」

わたしが言うと、中野さんとユリアさんは顔を見合わせ、少し笑った。

壺はふたたび食卓のまんなかに据えられ、さきほどから時おり、じゅう、という音をたてていたオーブンから、杉生さんが料理を取り出した。かぶとひき肉のグラタンだよ。杉生さんは言い、鍋敷きを食卓に置こうとして、少し迷った。結局壺のすぐ隣に鍋敷きは置かれ、パイレックスの器の中で熱く沸いているグラタンは、そっとその上に載せられた。

壺の中の匂いがしばらく胸の奥に残っていて、グラタンを銘々皿に取ったのはいいが、手をつけられなかった。でも、五分もすると平気になり、少し冷めてしまったかぶを口に運んだ。硬めのかぶとひき肉とホワイトソースの組み合わせが、絶妙だった。

常滑の壺は、「三筋壺《さんきんこ》」という種類なのだと、ユリアさんは言っていた。なるほど、よく見ると壺には胴体を横切る筋が、ぐるりと三本刻まれていた。ちょうど壺を三等分するように。

しばらくしてから、ユリアさんは壺を、食卓から庭に向かって開かれた大きな窓のところへうつし、杉生さんが次々運んでくる新しい皿に場所をゆずった。

「誰の骨が入ってたのかな」

杉生さんは、窓辺に置かれた壺を見やりながら、言った。

「庶民の骨じゃないだろうね。えらい人の骨だよ」

中野さんが言った。

「時代は、いつごろのものなの？」

わたしが聞くと、

「平安末期から鎌倉初期」

中野さんは、即座に答えた。

「じゃあ、源氏の誰かとか？」

「かもね」

壺は、ひょんと窓辺に置かれてあり、落ち着いてみえた。ずっと骨が入っていたのに、掘り出され、中味を空にされ、さみしくないのかと思いながら、眺めていた。あの日の別れぎわ、ユリアさんは、ポーランドに帰りたいとつぶやいた。帰りたいけれど、帰りたくなくもあります、とも。私にとって、少し遠い場所になってしまいました、ポーランドは。ユリアさんのその言葉を思いだしながら、アンとの電話の会話に戻ってゆく。

「ユリアさん、元気だった？」

アンが聞いた。

「うん、元気で、静かだった。でも、少しうつむいてる感じだった」

「このごろ、あたしも胸が閉じてる感じだなあ」

「タイラさんがいるのに？」

「世界がおののいているからなあ」

「ねえ、アン、壺の中で暮らしてたのって、誰だっけ」

「暮らしてたんじゃなく、ときどき壺に入って酒くらってたんでしょ、大昔の中国の薬売りが」

「いや、もっと哲学者みたいな人で」

「それ、樽じゃなかったっけ」

「ううん、たしか、樽じゃなく、甕だった」

「樽と甕と、どう違うの」

「樽は、木製。甕は、焼き物」

「そっか、甕は、巨大な壺なのか」

　人間が住むには巨大な壺が入用だけれど、骨になったら三十センチほどの壺で足りるのだ。中野さんの、だははは、という笑い声を思いだした。世界はおののいていて、わたしはとうに六十歳を過ぎていても、よるべない心もちのまま生きている。三筋壺は、杉生さんとユリアさんの家の広いリビングルームで、窓辺の夕日をあびて、鈍く光っていた。

袋いっぱいに黒い種が

アンたち三人姉妹がカリフォルニアから日本に来た時に学校になじまなかったのと同じように、わたしもカリフォルニアから帰って、近所の小学校に編入した時に、まったくクラスになじまなかった。アンたちが姉妹どうしで繭のようなものをつくることができたのにくらべ、わたしは一人きりで、おまけに少しばかり態度が茫漠としていたので、クラスの中では「奇矯でいろいろ遅れた子ども」という存在となっていた。

二年間ほど、なじまないまま、友だちもいないまま過ごしたのだけれど、そのうちに積極的にいじめられるようになった。

「だめな時は、逃げればいいのよ」

と、母は言い、学校も休んでしまえばいいと、おおらかだった。小学四年生の一年間は、ほとんど家で過ごした。勉強だけはしなさいよね、知識は大事だよ、と父が言い、元教師だったという近所の女性のところに通って昼前は授業を受け、午後は自習をした。

授業は教科書にそっておこなわれ、その日おこなったぶんを、午後はすべて暗記する、という方式の教えかただった。それまでよくわかっていなかった授業内容が、いきなり光で照らされて明らかになったような心地を味わったのは、暗記をはじめて三ヵ月めくらいのことだったか。

四年生の三学期に、私立の女子校の編入試験を受けた。雪の日で、電車が遅れたため、一時間めの算数のテストを受けることができなかったが、四教科の試験が終わってから、特別に算数のテストを受けさせてもらった。結果発表の日、玄関ホールにはりだしてある五人の合格者の中に名前があり、驚いた。「いろいろ遅れた子ども」という自認がはっきりとあり、通知表のいちばんいい成績は算数の3、国語にいたってはいつも1か2だったので、内申書を出した段階で不合格確定だと、ひそかに予想していたからである。のちに、担任の先生が底上げした内申書を書いてくれたと知り、当時の学校の適当さといおうか融通のきくところといおうか、そのゆるさにともかく感心した。

「学校もあなたを持てあましていたんじゃないの?」

と、アンにそのことを話した時には言われたものだったが。

私立の女子校では、わたしは「勉強をして編入してきた子ども」に突然変身した。小学校だったが、英語の授業が週に三時間ほどあり、アメリカで生活していたわたしにとってはごく簡単な内容で、「勉強をした子ども」という鍍金《めっき》は、はがれなかった。

今で言うなら、「小学五年生デビュー」した、というほどのことか。

悪注目されなくなり、ごく並みの子どもになったのは、だから、カリフォルニアに住んでいた四年と少し前以来だった。普通、ということが、これほどストレスの少ないことだということを、すっかり忘れていた。

編入した小学五年生から卒業する高校三年生までの八年間に、友だちもできた。ただ、小学校の半分くらいの時間を、友だちなしで過ごしたからか、「友だち」というものと、どう距離をとっていいのか、わかっていなかった。今も、あまりわかっていない。

あやふやなままの「友だち」という定義の箱の中には、当時の同級生たち数人が入っている。

小学生のころのことを思いだしたのは、当時の「友だち」である銀坂《ぎんざか》の孫が、不登校だという話を聞いたからである。

銀坂は、わたしと同じ職業、小説家だ。ジャンルは少しちがって、銀坂には読者が多い。本を出すペースも、わたしの三倍ほど速い。結婚しており、夫はフリーの編集者だ。子どもが二人いる。デビューは二十歳で、それからずっと書き続けている。わたしの小説がはじめて文芸誌に載ったのは三十代の半ばだったから、銀坂よりも十五年ほど遅くこの職業についたということになる。

高校を卒業するまでは、何かと行動を共にしていたが、大学が別になり、銀坂とはほとんど会うことはなくなった。彼女が小説家になったのを遠くから眺め、感心するばかりだった。年賀状だけは、やりとりしていた。官製の賀状ではなく、前年に旅した場所の風景写真をトリミングした、プロのデザイナーの手による銀坂の賀状は、わたしたちの年代が若かったころ特有の丸文字とはまったくことなる、しごくこなれたフォルムの字で宛先やひとことが書かれていて、これにも感心するばかりだった。

銀坂とふたたび会うようになったのは、四十歳を過ぎたころだったか。二人が同級生だということを知った編集者が対談を持ちかけてきた。何を話せばいいのかよくわからなかったが、あやふやな気持ちのまま承諾した。

久しぶりに会う銀坂は、高校生のころより背が伸びたような印象があった。

「姿勢がよくなったんじゃないかな」

対談のあとで聞くと、銀坂は笑った。

「高校生のころ、私、鬱屈してたから、背中がまるまってた」

「そのころは、大なり小なり、鬱屈するよね」

「鬱屈くらべ、みたいなものが、たしかにあったかも」

「でも、表だって鬱屈するのは、ダサい、みたいなのも」

「ダサい、って、あのころよく使ったねえ、でも今は死語、気をつけなよ、朝見」

「ダサいの語源、なんだろう……」

アンと会うほどの頻度ではないが、以来時おり連絡しあい、酒を飲むようになった。銀坂は町場の中華料理が好きだった。餃子やチャーシュー、青菜炒めなどでじっくり飲み、締めにあんかけ焼きそばを必ず頼んだ。一皿頼み、みんなで小分けする。辛子と酢をたっぷりかけて、揚げたそばをあんごともろもろに崩すのが銀坂の食べかたで、

「この食べかた、娘に非難される。非難されると、ますますやりたくなる」

と言いながら、あんが皿に残らぬよう、きれいにさらえて食べていた。

銀坂と二人きりで飲むことはなく、銀坂は必ず誰かを連れてきた。占いの得意な年上の友人、銀坂の昔の担当編集者、同業の年若い男女、対談で知り合った学者。

毎回連れてくる人が違うので、誰と会ったのだかほとんど覚えていない。

「朝見のそういうどこ吹く風なところ、イラっとさせるけど、気楽でもある」

と、銀坂は言う。

「同級生で同業者なんて、ほんとはつきあいたくないでしょ、ふつう」

とも。

銀坂は少し意地が悪い。

「今度の朝見の小説、よかったよ。主人公の恋人の男が、ゾンビじゃやなくなった」

などと言う。ゾンビを書いたことは一度もないのだが。銀坂は、どうやらわたしの書く男

に、男としての存在感をまったく感じないらしい。いっぽうで、銀坂の書く男は、わたしには過剰だった。男性性が強い。そして、へんに優しい。

「夫は、そういう人なの？」

いつか聞いたら、

「夫がどんな人なのかなんて、考えたこともない」

と言われた。

結婚していた時、わたしは自分の夫がどんな人間なのか、しばしば考えたものだった。

「そういうこと考えるから、離婚するのよ」

銀坂は断言した。


銀坂の娘の息子、つまり銀坂の孫が不登校になったのは、中学二年生の時だった。それから一年半たつ今も、不登校だ。

「新型コロナ感染が始まった後だね」

聞くと、銀坂は頷いた。

「コロナとほとんど関係ないとは思うんだけどね」

「学校で何かあったの？」

「たぶん」

銀坂は、自分の娘とあまり「意思の疎通」ができていないそうだ。

「私は毒親なんだって」

「毒親……」

「毒親になるほど、娘にかまう暇なんかなかったはずなんだけど」

「まあ、人の気持ちの動きようは、わからないよね、母娘だったとしても」

「夫とは仲いいんだけどね、娘」

「じゃ、いいじゃない」

「ううん、なんだか割に合わない。夫なんて、ほとんど育児をしなかったのに」

「そうなの?」

あーあ、と、銀坂はため息をついた。今日は銀坂と二人きりで酒を飲んでいるのである。

銀坂もわたしも、ついこの前の二〇二二年八月に、コロナにかかった。二人とも六十歳を過ぎており、人に会わずにすむ職業なので必要最低限しか外出しなかったのに、それぞれが同じころ運悪く罹患し、ただし運よく、ごく軽い症状しか出なかった。隔離のため蟄居しているあいだ、仕事しかすることがなかったので、なんとなく銀坂に連絡したら、

「今コロナ罹患中」

という文章がすぐに返ってきた。

「おなじく」

と返し、しばらくやりとりをしたのち、無事に隔離期間の十日間が過ぎたら二人で会う約束をした。

「私、娘のことが、どうしても好きになれないみたい」

銀坂は、ため息をついたあとに、きっぱりと言った。

「明るく言うねえ」

「自分を鼓舞してるのよ」

「鼓舞」

「毒親なんて言われるの、けっこう傷つくよ」

「そう言われたから、嫌いなの？」

「ちがう、すでに娘がものごころつくころから、どうにも違和感ばっかり感じてたの」

「それは不幸だね」

「不幸ってほどのことじゃないよ。子どもを産むことを選んだのは私なんだし」

「で、孫は元気なの？」

不登校になった孫は、今は、両親と住んでいたマンションを出て、銀坂夫妻、つまり祖父母と暮らしているらしい。

「孫はさ、娘と気が合わないみたいなの」

「因果は巡るのか」

銀坂の家で、孫は規則正しく生活をしている。朝ごはんは銀坂の夫と孫がつくり、掃除も銀坂の夫と孫がおこない、昼食も夕飯もつくる。洗濯と庭仕事は夫で、ゴミ出しは孫。

「じゃ、銀坂は何の家事をするの？」

と聞くと、銀坂は肩をすくめた。

「何もしないの？」

「私は一家の大黒柱だからさ」

「大黒柱って、死語じゃないの？」

「ちがう。朝見は、大黒柱になるほどの甲斐性は、まったくないよね。だからわからないでしょ、大黒柱の苦悩がさ」

孫はたいへんに気立てがよく、勤勉で、勉強もよくできる。ただ、人の顔を正面から見ることがとても苦手なのだという。

「それと、孫、たぶん、ゲイなんだと思う」

「どうしてそう思うの？」

と聞き返すと、銀坂は、

「小説家の観察力」

と答えた。

友だちの係累のゲイ率が高いなあと、ぼんやり思った。「友だち」なんて、数人しかいないのに。

「ま、ゲイでもそうじゃなくても、孫のことは、娘よりずっと好き」

「ずっと……」

「うん、ほんとにね、申し訳ない、娘には」

銀坂は、またきっぱり言った。それからもう少し飲み、あと一軒行こうかというわたしの誘いをさらにきっぱり断り、銀坂は帰っていった。

「朝見と二人きりで飲むの、あんまり楽しくなかった」

と言いながら。

学生時代の「友だち」とはなぜ、小骨が喉にささるようなイガイガしたものを感じながらも離れられないのだろうかと、不思議に思いながら、わたしも電車に乗った。途中で急に疲れ、乗換駅で外に出てタクシー乗り場に向かった。翌日は、一日つかいものにならず、どう考えても銀坂と会ったことが自分を疲れさせていたのだが、それでもきっと、また誘われれば銀坂と飲むだろうことはわかっていた。


「カズとこうして時々会うのも、昔の知り合いだからなのかな」

「おれって、その、銀坂っていう人と同じように、いつもあなたをイガイガさせてるの？」

いや、そんなことはない、と答える。カズはわたしの感情を波だてない。波だてないよう、上手に加減をしてくれている。わたしの方は、カズをイガイガさせている可能性があるけれど。

「わたしたち、昔の知り合いじゃないよね」

「え、六十年近く前から知り合いじゃないの？」

「そうだけど、まだほんのささやかな子どもだったからね、六十年前には。昔以前の知り合い、なんじゃないかな。種みたいなものだったよ、お互い」

種が発芽し、ぐんぐん成長し、花芽をこれからつけようかという学生時代特有の一種野蛮なエネルギーを湛えつつ、互いに近づいたり離れたりしていたあのころ、知らないうちにわたしも銀坂も、そのエネルギーのほとばしりでもって、互いを損なったり削ったりしていた。それが日常だったから、年を重ねてからふたたび損ないあっても、比較的平然としていられるのだ、きっと。

「種って、いいねえ。雑貨屋とかで、袋いっぱいに黒い種が入ってるの、売ってるじゃない」

「うん、袋には種が成長した姿が印刷されてるよね」

「でも、まいても袋に描いてあったようにはきれいに育たないことの方が多くて。おれ、一度紫蘇の種まいたんだけど、まったく発芽しなかった」

「苗からじゃないと、難しいのかも」

「おれの元妻、よく娘を種から育ててくれたよなあ」

「カズは、自分の娘は育てなかったの?」

「ほとんどな。だから元妻には捨てられた」

カズはついこの前、四回目の新型コロナワクチンを接種したという。一生こうして接種しつづけるのかね。カズは言い、肩をすくめた。

「大儀だね」

「でもまあ、おれは、注射って、けっこう好きだから」

「注射フリークなの?」

「異物が体に注入されるのって、楽しくない?」

「わからん境地だなあ」

カズとの時間は、静かに過ぎてゆく。盃を重ね、夜も更けてゆく。

「そういえば」

と、そのことを思いだしたとたんに、覚醒した。

「結婚してしばらくしてから、昼酒を飲み始めた」

「何それ」

「専業主婦になったからさ、暇で」

「あなたは働いてないと、間がもたない人間だったのか」

「あやうくアルコール依存になりかけた」

「どうやって抜け出たの？」

「夫と別れた……」

「いろいろ、だめじゃん」

「うん、いろいろ、だめ」

頭が冴え、いちどきに元夫との日々が色彩をもってよみがえってくる。色のついた夢をみている時のごとく。

「おれさ、このごろまた不眠が激しくて。あれだよな、娼婦のヒモとかになりたいよ」

「なに、その飛躍」

「いや、この前荷風を読んだんで」

「断腸亭？」

「それと、濹東綺譚」

「荷風になりたいの？　でもあの人、ヒモじゃなかったよ、お金持ってたし。札束を紙袋に入れて、そのへんに、ほいっ、って置いてあったって、何かで読んだよ」

「荷風の書いた娼婦って、すでにあの時代のノスタルジーのあらわれだったしな」

濹東綺譚の語り手はずいぶん年のいった男だという印象があったが、五十代だったはずだ。

「濹東綺譚の主人公、わたしたちよりずっと若いよ。下手すると、十歳以上年下」

「そうなんだよな」

濹東綺譚の舞台である玉の井というなら、わたしは滝田ゆうの漫画『寺島町奇譚』の方に近しい気持ちをいだく。あれは、第二次大戦が始まる少し前からの、玉の井のスタンドバーの子どもキヨシの目から見た色町の景色だった。高校時代、銀坂が貸してくれた「ガロ」に載っていたものにすぐ夢中になり、単行本をそろえた。

「チヂメテノバシテギョメイギョジ」

つぶやいたら、カズがうつむいていた顔をあげた。

「それ、なんか、おぼえがある。もしかして、チンムクムク、とかいうのがその前になかった？」

「うん、立小便しながらキヨシが歌ってるの」

「寺島町奇譚でしょ」

「読んだことあるの？」

「作詞家の必読書の一つだし」

「そうなの？」

「おれが決めた必読書だけど」

「すごい、不敬な歌だよね」

「ギョメイギョジって、そうか、御名御璽か。公文書に押す天皇の印、みたいな」

「そう」

寺島町奇譚の中の人たちは、しばしば声にだして歌ったりうなったり、あるいは頭の中で歌ったりうなったりする。酒に酔っていたり、昼間路地を歩いていたり、無聊《ぶりょう》をかこったり、しながら。

「寺島町奇譚の最後、覚えてる？」

「東京大空襲で、玉の井も焼野原になって、あの一家、死んじゃうんだっけ？」

「ちがうよ、猫のタマだけが行方不明になって、一家は近場に身を寄せて、キヨシは一人で疎開してくの」

「あっ、最後のコマは、焼け跡にキヨシが残した『タマへ』っていう立て札の絵だったな、そういえば」

疎開するキヨシの乗った列車は、「ドドコドン　ドドコドン　ドドコドン」という音をたてて走っていった。タマは、現代の飼い猫のようには大事にされておらず、やたらに叱られたり八つ当たりされたり餌をもらえなかったりしていた。

「猫とか、飼ったら。気持ちが平らかになるかも」

「いやだ」

カズは、きっぱり言った。銀坂のきっぱりした口調と、少し似ていた。

「誰かの面倒はみたくない。面倒をみてほしい」

「甘えてるねえ」

「あなたには甘えないから大丈夫」

ふん、と思ってカズをみると、眠そうにしていた。少し眠りなよ。言うと、カズは卓に腕を落とし、その上に頭をのせた。すぐに寝息をたてはじめ、そのまま三十分ほど寝息をたてつづけた。ふかー、ふかー、という寝息だった。キヨシのところで飼っていたタマは、やっぱり死んだのだろうなと思い、カズの盃に自分の盃を静かにあわせた。タマのために、と、心の中で献杯し、残っていた酒を飲みほした。

山羊はいなかった

電車は明るい光の中を走ってゆく。

隣には知らぬ人が座り、肘をひろげてスマートフォンを使っていた。着ぶくれる季節なので、ただでさえ隣りあう人との間が詰まるのに加え、座っている者の二人に一人ほどは両の肘でスマートフォン使用時特有のひし形をつくるので、ひし形とひし形にはさまれて身動きがとれない。

中には、ひし形とひし形が隣りあい、そのひし形どうしが絶妙な角度で組み合わさって、ちょうどうまく重ならずに収まっているものもある。はずれたばかりの知恵の輪のようで、じっと見入ってしまう。

向かいの席には、カズが座っていた。電車はそう混んではいない。けれど、座る時におおかたの人たちが一つおきに席を選ぶので、二人並んで座れる空きを見つけることができなかったのだ。

「シルバーシートに並んで座ろうよ」

とわたしが言うと、カズは言下に、

「座らない」

と答えた。

「せっかくわたしたち前期高齢者になったんだから、いいじゃない」

「座らない」

カズは繰り返した。

向かい合わせに分かれてから少したつと、鞄の中でスマートフォンがふるえた。ひし形とひし形の間をぬって腕をへんな形にひしゃげさせながらこそこそ鞄からスマートフォンを取り出し、開くと、カズからだった。

「なぜなら先月、生まれてはじめて若いもんに席を譲られたからで」

「べつにショックじゃないと自分に言い聞かせてるその自分が……」

ふきだしの中にそうあり、向かいを見ると、すでにカズはスマートフォンをポケットにしまい、すました顔をしている。

てのひらを握り、親指を下に向けるサインをカズに送ろうとしたけれど、やはり肘が両脇の隣人にひっかかって、うまくできなかった。カズがスマートフォンをまた取りだす。ぽちぽち打っている。じきにわたしのスマートフォンがふるえた。

「サムズダウン、下品」

と書いてある。

「なべて小説家は下品なんざんす」

と返す。

電車がよく揺れている。少し眠くなってくる。両脇のひし形も気にならなくなったころ、少しだけうとうとした。気がつくと横にカズが座っていた。ハンカチを出して、目に当てた。涙がすいとられる。泣いていたわけではなく、年をくううちに、寝覚めの時には目の中の涙の濃度が高くなり、目が開きにくくなっているのだ。

「起きたね」

「うん」

「寝てる時って、ちょっと死相がうかぶ気がしないか？」

「それ、たしか、田辺聖子が小説に書いてた。同時につきあってる二人の女に、眠ると同じような死相がうかぶのを見てしまった男、っていう短篇」

「へえ。で、どうしたの、その男」

「別れたんだったか、それともますます魅入られたんだったか……覚えてない」

電車がまた揺れた。目的地は終点だ。まだ先は長い。マスク越しなのに死相が感じられたのだとしたら、自分はすさまじいことになっているのだなあと、ぼんやり思う。光のつくる影の角度が変わっていた。線路は、ゆるやかにカーブを描きながら、西へと続いてゆく。

少し前、二〇二三年の一月に、カズと久しぶりに二人で飲んだのだ。新型コロナ感染の第八波のピークが来るだのまだ来ていないだのというニュースを見ながら着がえをし、テレビを消してお手洗いに行き、ふと鏡を見ると、化粧をするのを忘れていた。コロナの世になる前は、顔ぜんたいを表出させていたので、すっかり忘れるということはなかったのだが。

いそいで眉を描き、コンシーラーを使い、それでいいことにした。

待ち合わせの店に行き、マスクをはずすと、カズがじっと見た。

「なんか、顔色、悪い？」

「いや、ほとんどお化粧してないからだと思う」

「なるほど……」

このあたりで、もしかするとカズは「死相」という概念を思いうかべたのかもしれなかった。でも、わたしたちは「死相」について知悉するほど、多くの死者をみていない。死は身近なようで、存外離れたところにある。または、離れたところにあるようで、存外身近？

ビールを頼み、すぐに飲みほし、ワインを一本とった。

「この前新聞にさ」

その時に、カズが言ったのだ。

「捨て屋の話が載ってて」

「捨て屋？」

「うん、捨ててほしいものを、捨ててきてくれる職業」

「わざわざ人に頼んで捨ててもらうの、自分で捨てずに？」

「捨てにくいものって、あるじゃない」

「かなあ」

捨てにくいもの。そんなもの、自分にあったろうかと、考えた。すぐには、思いうかばなかった。

「おれ、頼んでみようかって、ちょっと思っちゃった」

スペイン産の薄く切った生ハムとサラミ、それにオリーブが皿に載っていた。最近カズが気に入っている店だという。カズのマンションから歩いて十分ほど、住宅街の中にぽつんとある。散歩の途中でみつけたのだと言っていた。

「何を捨てたいの」

「うーん、ちょっと、言いにくい」

なるほど、簡単に言えるものならば、わざわざ人に頼んで捨てるまでもないのかもしれない。

その日は二時間ほど飲み、おひらきにした。翌々日電話があり、

「やっぱり自分で捨てに行こうと思う。一緒に行ってくれない？」

暇だしいいよとすぐさま答えたのは、カズが捨てたいものに興味があったからだ。

翌週の水曜日に、待ち合わせることになった。


「川のある場所がいいな」

というカズの言葉で、川のありそうな場所をめざしている。海ではなく、川なのが、カズらしいと思った。日差しはさきほどより強くなってきた。昼少し前だ。駅と駅の間が長くなり、線路の幅が、少し広がったような心地になる。

「ね、何捨てるの」

直截に聞いてみる。

「手紙、みたいなもの」

「誰からの？」

「師匠」

師匠、という言葉に、ふいをつかれた。カズと「師匠」という存在は、そぐわない。いつも一人でふらりふらり、それがカズだと思っていたのだが。

「正式に作詞家になる前に、二年ほど、師匠がいたことがあって」

「師匠って、何の？」

「作詞」

「書生みたいに住みこんだりしてたの？」

「いや、もうそういう時代じゃなかったから、出入りの使い走りみたいなもん」

高校時代に友人たちと始めた仕事がうまくたちゆかなくなり、一人になってからの輸入の仕事も先細りになったころ、カズは師匠に出会ったのだ。

「どこで？」

「四谷の飲み屋」

仕事があまりうまく行かなくなってからカズがしばしば足を向けた四谷の小さな飲み屋は、雑居ビルの三階にあったそうだ。当時カズは三十代のはじめくらい。近くに放送局の社屋があったこともあり、店には芸能関係の人間が多く出入りしていた。夜九時くらいに開き、朝の五時までやっていたその店に人が集まりだすのは、午前零時を過ぎてからだった。癖のある客が多く、隣りあってむつまじそうに喋っていたはずの二人が、いつの間にか血相をかえ殴りあいがはじまりそうになる、などということも稀ではなかった。

カウンターの中にいる中年のバーテンダーは、拳闘をやっていたとの噂で、諍いが本格的になる前に、のっそりカウンターの中から出てきて、無言で、やりあっている客を引き離す。興奮している客が大きな声を出してもバーテンダーは無言で、ただ静かに客を見ているだけだったが、客はじきに憑きものが落ちたように静かになるのがならいだった。

「カズは、喧嘩、したの？」

「まさか。おれ、喧嘩は苦手だもん」

客の中でも、ひときわ飲みっぷりのいいのが、カズの「師匠」となる男だった。「師匠」は、まずカズに酒の飲みかたを教え、女性のいる店でのふるまいを教え、旅に伴い、すべての支払いを持つかわりに、さまざまな後始末をカズにさせた。

「後始末って？」

「女とのいざこざとか、女とのいざこざとか、女とのいざこざとか」

「みんな女性がらみ？」

「別れぎわが汚い師匠でさ」

「難儀な男だね」

「でも、金ばなれはよかった」

「お金目当てで弟子になったの？」

「いや、仕事をくれたから」

ある日その飲み屋で、「師匠」はカセットテープを一本カズに渡し、中に録音してあるメロディーに歌詞をつけてみろと言ったのだ。

「その少し前におれ、ヒメネスの詩が好きだって、言ったみたいで」

「読んだことないなあ。愛読してたの？」

「昔すぎて、忘れた」

適当に言葉を連ねてそのへんのメモに書きつけ、翌日店にもってゆくと、「師匠」はメモを一瞥し、ふん、と言い、そのまま々しゃりとたたんで、自分のポケットに入れた。数ヵ月後、当時少しばかり人気のあった歌手の新曲をたまたまラジオで聞いたカズは、驚く。「師匠」に渡したメモの歌詞が、ほとんどそのまま使われていたからである。

「なにそれ」

「でも、金もらったよ」

「盗作じゃない」

「今なら通らないよな」

「師匠」は、カズに作詞をさせるようになった。すべてが採用されるわけではなかったが、三分の一くらいは使われた。

「それ、わたしも知ってる歌かな」

「たぶん、知らないと思う。マニアックな歌謡曲好きなら、知ってる、くらいの感じかな」

「師匠」のもとでしばらくそうやって適当に歌詞をつくり、適当に小遣いをもらっていたが、そのうちに「師匠」の女性関係の「後始末」にほとほと嫌気がさし、「師匠」から離れることにした。

「それからが、大変でさ」

と、カズが喋りかけたところで、終点に着いた。電車から降りると、風が強かった。空には雲がない。コートの襟をたて、改札口を抜けた。

カズが三十代はじめといえば、今から三十数年前である。景気が後退しはじめていたとはいえ、まだまだ東京は浮足立った勢いのよさを保ち、男たちは「男」然とするよう求められ、女たちは「女」としてふるまうのがもっとも容易な方便だった。

終点の駅を降りると広場があり、タクシーが二台停まっていた。

「乗る？」

と聞くと、カズはしばらく考えてから、

「歩こう」

と言った。

大通りをまっすぐ行くとじきに商店が途切れ、右手から川音が聞こえてくるようになった。

「潮の匂いがしないか？」

「海は遠いよ」

「生物はさ、環境に適応するよな」

え、とわたしは聞き返したのだが、カズはそれきり、黙った。ポケットに両の掌をつっこみ、ゆっくりと歩いてゆく。わたしは手袋をはめ、しょってきた小さなリュックの肩紐を少し短くした。

やがて川が見えてきた。河原には大きな石がころがり、釣りをしている人が何人かいる。川風が耳を冷やした。

適応、という言葉をきいたとたんに、少しばかり剣呑な気持ちになった。自分が「女」という形に適応しなければならないと、うすぼんやり感じていた頃のことを思いだしたからかもしれない。わたしは結婚をしたいと思ったことがない。子どもを育ててみたいと思ったことも。おそらく、生物としての何かが欠落しているにちがいないと、小さいころから思っていた。けれどわたしは「女」という形からはみだして生きるだけの気概がなかった。かといって、「女」の形に柔らかくぴったりとはまることもできなかった。結婚をし、失敗したとすぐにわかり、離婚したのが精一杯、といったところか。

「適応、できない生物もいると思うよ」

河原への階段を降りながら言うと、カズは笑った。

「そりゃ、できないでしょ、あなたは」

「カズも、そうでしょ。それとも、できてたの？」

「うーん、それが、けっこう適応できちゃってたから、捨てたいものが残ってるわけで」

「ね、その師匠の手紙、見せてよ」

平たい石に、わたしたちは並んで座った。釣り人が竿をしならせて小さな魚を引き上げている。水音が小さく響き、すぐに止んだ。

これ、と言いながらカズが取り出したのは、黄ばんだ封筒だった。ペーパーナイフではなく指で乱暴に開封したらしく、四角の一辺がぎざぎざになっている。折りたたまれた便箋を開くと、そこには太い万年筆で、

「二度とこっちの世界で生きられないようにしてやる」

と書かれていた。

思わず、うわ、と声がでた。

「組織のボス?」

「ふふふ、おれ、これ、末端構成員だったのかも」

「すごいね、これ、今なら週刊誌に持ちこんで記事にできるかも」

「そういう発想はなかったよな、あの時代」

「うん、だね」

自由業者として生きてきたこの数十年の間の「難儀」だったことを、「走馬灯」のごとく、すばやく走査してみる。いくつかの出来事があり、おりにふれ、それらは自動的によみがえっては、身を怒りにふるえさせる。よみがえらせたくないと念じても、浮き上がり人形

のように、ぽかりと自然に浮かんできてしまうのだ。浮かぶごとに新鮮な感情が噴出し、自分でも驚くが、まあ、これは自由業に限らず、仕事をしている者ならば、あるいは、人間関係をかたちづくりつつ何らかの集団に属している者ならば、みな同じだろう。

「でも、カズ、結局は作詞家になったじゃない」

「うん、師匠、ぽっくり死んじゃったから」

「おお、それは」

また釣り人が魚をあげた。今度は、かなり大きい。網に受け、河原の石の上にのせて魚の口から針を取っている。

「師匠、今も憎い？」

「いや、師匠のことは、どうでもいいんだ、ほんとのところ」

釣った魚を足もとに置いてある小さなクーラーボックスの中にしまうのかと思っていたら、釣り人は少し迷ったすえ、川に放った。

「生きのびたね」

わたしが言うと、カズは息をすってから、

「針なんかささったあと、何ごともなく生きつづけられるのかね」

と、つまらなさそうに言った。

立ち上がって流れに近づくと、水鳥がいた。流されずに同じ場所にうかんでいるのは、水の中で足を掻いているからだろうか。水鳥の頭はつるりとしていて、何かを連想させる気がしたが、何なのか思いつけない。

カズは封筒に便箋をしまった。うまくたためなくて、封筒からはみだしている。

「川に流す？」

「環境破壊だ」

「山羊にやる？」

「いるのか、山羊」

「いそうじゃない」

ならば山羊をさがそうとカズはつぶやき、立ちあがった。しばらく、河原ぞいにある土の道を、前後になって歩いた。釣り人はいなくなり、大きな岩でボルダリングあるいは岩登りの練習をしている女性がみえてくる。岩にとりつき、少しのぼっては、地面に落ちる。落ちかたが、うまい。足の裏が地面に吸いつくようにみえる。

山羊はいなかった。寒くなってきた。カズも寒そうだ。

「帰る？」

聞いてみる。カズは答えなかった。面倒くさい気分になってくる。自分の好奇心がもとで、カズについてきたことを思いだしたが、ぜんたいに少し芝居じみていはしないかと、攻撃的な心もちになっている。寒さのせいだろう。尿意をもよおしているのもいけない。

「帰ろう」

ようやくカズが口をひらいた。すぐに河原から離れ、国道の方に向かうと、椎茸の直売所がみえてきた。小走りに近づき、中をうかがうと、お手洗いがある。

個室に駆けいり、すませると、攻撃的な気持ちはすっかりおさまっていた。出てくると、カズが椎茸の大袋のお金を払っているところだった。

そのあとカズも用をたし、わたしは中くらいの袋を買い、駅に向かった。降りた終点の駅より一つ手前の駅の方がここから近いと直売所の男性が言うので、今までと同じ方向に国道をたどった。車は、あまり通らない。

駅に着くころ、日が暮れはじめた。そんなに長く河原にいたのだったろうか。小さな、無人駅だった。改札の手前にあるベンチに座ってから二十分ほどすると、上りの電車がきた。

電車に乗る直前に、カズは封筒を取り出し、丸め、改札口の手前にあるゴミ箱に無造作に放りこんだ。

電車はすいており、暖房が効いていた。もたれあって、二人して眠った。ひざにかかえたカズの椎茸の袋が、ときおりすべり落ちそうになる。そのたびにそっと戻すうちに、はっきりと目が覚めた。カズはまだ寝息をたてている。

水鳥のつるりとした頭が、何を連想させるか、思いついた。ラファエロの、二人の天使のいる絵の中の、天使の肩のあたりのまるみである。かたぶとりの、存外肉づきのいい天使は、二人とも上目遣いで、髪がくるくると乱れている。

そういえば、電車の中で父親に抱かれている嬰児を見て、「天使、天使」とつぶやいていた定年間際のサラリーマンが、やがて幻視にみまわれつつ自死する、という永井龍男の短篇があったな、と、ぼんやり思う。小説を発表しはじめてしばらくたったころ、編集者に勧められて読んだのだ。自死したサラリーマンは、「いよいよ死ぬという時」まで、「沢山の天使」と遊んでいたのだった。その短篇のよさが、あまりよくわからなかった。にもかかわらず、今もこうして覚えているのは、なぜだろうかと考えているうちに、また眠気がさしてきて、水鳥の頭は少しくさいかもしれないなと思いながら、また寝入った。

栃木に飛んでいく

高円寺の駅をおりたころ、日が暮れ始めた。

カズのマンションの場所は、うろ覚えだった。一度訪ねた前の時は、二〇二〇年の、新型コロナ感染が始まったばかりのころだったか。ついこの前だと思っていたが、まる三年前になるのだ。

あの時は、しゅうまいとピータンをみやげにしたが、今回は野菜と肉を提げてきた。もっと日の高いうちに来ればよかったと、少し後悔していた。二〇二三年の三月はじめの、今日は暖かな日である。暦の上ではとうに春となっている。けれど夕刻近くなれば、春めいた空気の分量は急に減って、冬の名残があたりに満ちる。ほんとうは、もっと早い時間に家を出るつもりだったのに、原稿を書いているうちに、時間が過ぎた。もしかすると、カズのところに来るのが、わずかに気ぶっせいだったのかもしれない。自分から、行くよ、と連絡したにもかかわらず。

先月、川に行ったすぐあとに、カズは短い入院をした。

「すぐ退院する」

という連絡がきたので、病院には行かなかった。自分が入院していたら、来てほしくないだろうから。

「退院した」

ときたのは、その翌週で、そのあとしばらく音沙汰なしで過ごしたのだけれど、半月ほどたった昨日、前置きなしに、わたしから「行くよ」と、突発的に連絡したのだ。迷惑なら、カズはきっと正直に断るだろうという気持ちがあった。カズのマンションに向かいながら、ああ、自分はカズを慮っているようで、反対にけっこう甘えているのだな、と気がついた。

入院したのは心臓が少しあれだったから、と、カズはそっけなく説明した。

「あれ？」

「うん、あれ」

「曖昧だなあ」

「説明、面倒」

「しちゃいけないこととか、あるの？」

「あんまり酒は飲まないようにって」

「あんまり」

「できれば、ほとんど」

退院してほどないカズとお酒を飲むつもりはなかった。カズの部屋は、前に来た時よりも片づいていた。部屋じゅうにわだかまっていた本の山や脱いでそのままになっていた服がなくなり、パソコンのすえてある机の上のメモ類や反故が整理され、机の面があらわれている。

「あのままの部屋でおっ死《ち》んだらまずいと思って」

ベッドのヘッドに上半身をあずけたまま、カズはにっと笑った。

「体、しんどいの?」

「いや、病院で寝そべり癖がついた」

「お酒、ほんとに飲んでないの?」

「飲んでる」

「飲んでるんだ」

「飲んで死ぬんなら、それでいい」

「無頼?」

「いや、だらしないだけ」

そう言いながらも、カズは麦茶のペットボトルを手にしていた。

「今日はお助け人として来たよ」

そう言うと、カズはまたにっと笑った。何かすること、ある？　と聞いたら、あさにできることって、何？　と聞き返された。

「小説書く、とか？」

と答えると、カズは声をだして笑った。


提げてきた野菜を切っていると、背中の方からカズが声をかけてきた。

「切りかた、下手だね」

「見えないのに、わかるの？」

「包丁の音がにぶくて遅い」

鍋いっぱいに手羽先と野菜のスープを作るつもりだった。自分の家でいつも作っているやつだ。毎日煮返せば、一週間以上もつ。煮つまってきたら水を足してまた煮返し、やがて野菜の切れっぱしばかりになるが、おたま何杯かぶんまで減ったところに米を入れ、最後は雑炊にするとおいしい。

「料理でいちばん面倒なのは、野菜を切ることだと思わない？」

背中を向けたまま言うと、

「そう？」

という答えがきた。

「自分のためだけに、みじん切りや千切りをする気になれないよ、わたしゃ」

「おれはときどき、ものすごくみじん切りしたくなる」

「何をみじん切りにするの?」

「あれだな、やっぱり、玉ねぎだな。臨場感があるし」

野菜を切り終え、だしの素をばさばさ入れ、鍋を火にかけたところで、カズのほうを振り向くと、うたた寝をしていた。ベッドヘッドに上半身をあずけたまま、行儀よく手を組み、首がかくんと折れている。音をたてないように食卓の椅子を引き、持ってきた文庫本を開いた。


一時間たってもカズは起きなかった。野菜スープの火をおとし、文庫本の中の短篇を二つ読み終わっても、まだ起きない。洗濯やら掃除やらをおこなうつもりはまったくなかったけれど、何かできることはあるかなと、部屋を見まわした。ベランダに、植木鉢がいくつか並んでいる。足音をたてないよう掃き出し窓まで歩き、ガラス戸を開いた。風が吹きこんでくる。さほど冷たい風ではない。

植木鉢は三つあった。一つは土が入っておらず、もう二つには土が入っていたが、何も生えていない。片方にハコべらしき薄緑の草がわずかに這っているが、広がってはいない。

ベランダに出て、周囲を眺めてみる。カズの部屋は四階にあり、もっと背の高いマンションがいくつかあるが、比較的遠くまで町並みを見おろせる。雲はひとひらもなく、カラスの声が、暮れかけている空の遠くからよく響いてくる。

カラスの言葉がわかる、と言っていた子のことを突然思いだした。小学三年生のころの同級生である。友だちというものがほとんどいなかったわたしに、時おり話しかけてくれる唯一の女の子だった。その日も、昼休みに一人で校庭の隅にいたわたしのところに近づいてきて、ねえ、と声をかけてきた。ねえ、今日はカラスの誕生日なんだって。

カラスの誕生日？　と、わたしが聞き返すと、そう、五羽のカラスたちの誕生日、一歳になったカラスが二羽、七歳になったのが二羽、三十五歳が一羽。その子は自信まんまんに答えた。ああ、ああ、というカラスの鳴き声がその少し前からかまびすしいことには気がついていた。三十五年も生きるんだ、カラス。わたしがつぶやくと、その子は急に怒りだした。生きるよ、百歳のカラスだっているんだから。そう言い放ち、走り去った。それからは、わたしに話しかけてくることはなかった。

「何か見える？」

という声がした。ふりむくと、カズが窓際に立っている。

「なんにも」

答え、室内に戻った。カズはベッドには戻らず、食卓の椅子に腰かけた。

「人のつくったものの匂いがする」

つぶやいている。

「ワンルームだから、匂いがぜんたいにまわっちゃうね」

「うん。なんかそれが、いい」

ありがとう、とカズが言うので、どういたしまして、少しは足しになるといいけど、と答えた。

「酒、飲む？」

カズが聞いた。

「飲まないよ」

「遠慮しなくていいから」

「してない、つまみがないから、飲まないだけ」

「缶詰とか、あるよ」

「で、わたしが飲んでるのを、横でじっと見てるの？」

「おれも飲む」

「やめときなよ」

まあ、そうだな。カズは素直にうなずき、食卓の上で手を開いた。

うすみどりの何かが、てのひらに乗っている。手に握りこんでいたらしいが、存外大きい。端っこがはみだしていたはずだが、カズが手に何かを握っているとは思っていなかったので、うすみどりの、その何かがはみだしていることには、気がつかなかった。

「この部屋に越してきた時に、預かった」

そう言ってから、食卓の上に、カズは無造作にそれを置いた。

「見ても、いい？」

「うん」

指で持って、眺めた。重みがある。

「セミだよね？」

聞くと、カズはうなずいた。

「翡翠？」

「うん」

「きれいだね」

「うん」

子どものように、カズはうなずきつづけた。スープ飲む？　と聞いたら、その時だけは、ううん、まだいい、と答えた。

その日は、じきにカズの部屋を後にした。カズにはたしか、弓田ミナトのほかに近い血縁はなかったはずだ。入院の時には弓田ミナトが家族として書類にサインなどしたのだろうか。

　同年代の知人と、時おり、入院や介護が必要になった時のことを話す。係累のいる者はまだ安穏な気分でいるが、結婚をしておらずきょうだいもいない者の中には、かなり具体的に方策を考えている者もいる。わたしも一人暮らしで、弟のほかには年若い係累はいないが、生来の無計画な性向から、ほとんど何も考えていない。とはいえ、少し前に介護保険証が送られてきた時には、何かがじわじわ近づいてくる心地にならなかったといえば、嘘になる。

「あたしが六十五歳になった時には、うちの自治体から認知症検査のおすすめが郵送されてきたよ」

　そういえば、アンが言っていた。

「用意周到な自治体だね」

「何かこう、日本の電車の中のアナウンスみたいな感じだと思ったよ」

　と、アン。

「ああ、行先を告げるだけじゃなくて、立ち位置とか乗りこみかたとかいろいろ気をつけろって、懇切に注意してくれるやつね」

「うん。ちょっとばかり過保護な、あれ」

　そんなやりとりをかわしたものだったが。

一人で生きて一人で死んでゆく、と言えば何かつじつまのあった言葉に聞こえるが、そんなことは不可能で、たとえ一人暮らしを貫いたとしても、何かのあるいは誰かの助けを借りずに生きたり死んだりすることはできない。森の奥で、鶏の一本足でささえられている家に一人でひっそり住んでいるバーバ・ヤガーでさえ、時おり人間を誘いこんで助けたりあるいは焼いて食べてしまったりするのだし。

バーバ・ヤガーの話は、昔読んだロシアのおとぎばなしに出てきたのだ。悪とも善ともつかない性格の魔女で、害をなすか優しく助けるかが相手によって変化する、確固とした自我が比較的確立されていないタイプの魔物なのが、好きだった。

カズが手ににぎっていた翡翠のセミは、含蟬《がんせん》というものだろう、たぶん。古代中国で、魂が抜けでるのをふせぐために、死者の口に含ませた葬具だったと聞いたことがある。預かった、とカズは言っていた。いったい誰がそんなものをカズに預けたのだろう。魂というものについて、昔は何か知っていたような気がするが、今はどうもよくわからない。自分に魂があるのかどうかも、不明である。

翌月、カズのほうから連絡があった。電話してもいい？　とあったので、こちらから電話してみた。すぐに出たカズの声に、張りがあったことに、意表をつかれた。前の月にカズを訪ねた時、元気がないやら体力が落ちているやらとは、格別には思わなかった。けれどやはり、いつものカズではなかったのだ。いつものカズだと思いこもうとしていただけだったのだ。そう気がついたとたんに、突然心ぼそくなった。

「スープ、うまかった」

「でしょ」

「でも、どんどん不気味なものになってった」

「なにそれ」

「混然一体っていうか」

「水、足した？」

「あ、忘れてたかも」

「色が不気味になるよね、四日めくらいから」

「そう。灰色の中でもいちばん極北の灰色のような」

食事しない？　と、カズが言うので、日を決めた。

「三年前に劇を見た帰りに、写真家夫妻と行った、あの新宿のすし屋、どう」

と、カズ。

「あれ以来、行った？」

「ううん」

予約はせずに、ぶらぶら行ってみようと決め、電話を切った。カズのことをわたしは好きなのかしらん、と自分に訊ねてみる。自分の中で、その問いが小さく響く。がらんどうの部屋の中で、覚束なく団扇太鼓を鳴らしているような音で。答えはなく、ただぺなぺなした太鼓の音が、てん、てん、と鳴っているばかりだった。けれど、その覚束ない太鼓の音が、悪くはないないなと思った。

すし屋は店じまいしてなくなっており、しばらく歩きまわって、結局、白い麻ののれんのかかった和食の店に入った。

「体が日本の酒を求めてるから、しょうがない」

のれんをくぐりながら、カズは笑った。最初にこの店の前に立ったとき、こういう麻ののれんの小洒落ぐあい、あなたの趣味じゃないよね、とカズがわたしの顔をのぞきこんだので、見透かされていることを多少いまいましく思いながらも、うなずいたのだ。それから十分ほど歩きまわって、店を物色した。けれど、ほかに入りたい店がない。実は小洒落たあの店こそが好みだったのかもしれないと自分を疑いはじめたころ、ふたたびくだんの白いのれんの店の前に出た。やはり、趣味ではない。でも、カズと一緒なら、ここに入ってもいいような気がした。

筍の炊き合わせと山菜のてんぷら、あとはそら豆を頼んだ。

「そら豆も、筍も、まだ旬には少し早いような気もするけど」

わたしが言うと、

「いや、温暖化で、ちょうど今ごろが旬に繰り上がったんじゃないの？」

おてふきを広げながら、カズがのんびり答える。

「飲んでもいいの？」

「医者に許可を得た」

「ほんと？」

「入院した先の医者はだめだって言うんだけど、友だちの外科医は飲んでもいいって」

「なにそれ」

「我慢しすぎるとストレスになるらしい」

「外科医のほうに、賄賂でも贈ったの？」

「いや、そいつも酒飲みだから」

あたためた日本酒を、それぞれ一本ずつ目の前におき、互いへの酌はせず、惜しみながらゆっくり飲んだ。春だね、と言うと、春だよな、とカズが答える。下界はいいな、とカズが言い、下界は猥雑で殺伐としてるけど、うん、それもまたいいんだよね、とわたしが答える。昔さ、とわたしが話しはじめると、そうだったよな、とカズが受ける。ところでさ、とカズが話をつぎ、うん、うん、とわたしが相槌をうつ。

大昔から、カズと一緒にいたような心もちになってくる。酔いがほんのりまわっている。

ホタルイカをカズが注文し、モロコの焼いたのをわたしが頼む。同じ皿をつつき、酒を酌む。もうすぐ桜が咲くな、カズがつぶやく。あと何回見られるかな、わたしもつぶやく。そういうことを言うのはまだ若い奴だって、死んだ伯父が言ってた、カズが笑いながら言う。わたしたちの歳って、中途半端だね、ま、二十歳も三十も四十も五十も六十も、どの歳も中途半端なんだけどさ、わたしも笑いながら言う。このまま死んでもいいかな、おれ、カズが低く言う。そんな簡単に一抜けたはできないよ、低く言ったつもりが、少し声が響いてしまう。うん、今この瞬間は死んでもいいって言ってみたけど、あと三十分もしたら、あさと酒飲んでるくらいでそんなにうっとりした気持ちになった自分がばかに思えるのは知ってる、カズがわたしの方を向いて言う。

カズの顔が、見知らぬ顔になっている。いつもいつも、親しい人たちは見知らぬ顔になり、また見知った顔に戻る。

わたしたちは、いったいどこに行くのだろう。年若いころのように、とりとめなく思う。生まれてそして死ぬという時間の間に、いったいわたしたちはどのくらいたくさんのことを感じ、考え、忘れてゆくのだろう。

「カズ」

呼びかけてみる。

「なに？」

一瞬、カズと目があい、数秒見合ってから、互いにゆっくり視線をそらした。

「こないだの含蟬ってさ」

カズが言う。

「うん」

「おれの母親から預かったんだ」

「そうなんだ」

「あたしが死んだら口に含ませてみてよって、わりと真面目に頼まれてた」

「そうなんだ」

「でも、いざ亡くなってみると、なんか、できなかった。葬儀社がてきぱきやってきて、気がそがれたってこともあったし」

「心残り？」

「いや、死んだら、結局、母親も蟬を含もうが含むまいが、どうでもよくなったんじゃないかなって」

「カズが死んだら含ませてあげようか？」

「おれより長生きするつもりか」

風が強い。今年の春は、よく風が吹く。

栃木にいろいろ雨のたましいもいたり。つぶやくと、カズがこちらを見た。

なにそれ？　呪術の言葉？

ちがうよ、阿部完市の俳句だよ。

なるほど、含蟬しなかった人間の魂は、栃木に飛んでいくのか。

うん、人間の魂だけじゃなく、雨や風の魂もいるんだよ、栃木には。

カズの魂と自分の魂が、するっと近くに寄った気がした。近く、といったって、たいした近さというわけでもないことはわかっていたけれど、もう、それだけでいい気がした。目をつむると、カズが握っていた含蟬の、翡翠のうすみどりがまなうらに浮かび、あらあらこれって飛蚊症の一症状かしらんと思いながら、つむった昏い視界の中のうすみどりを、しばらくの間、まぶたの裏ぜんたいで感じていた。

初出（「群像」）

「恋ははかない、あるいは、プールの底のステーキ」（2020年1月号）
「遠ざかる馬のうしろ姿」（同8月号）
「あれから今まで一回もマニキュアをしたことがない」（2021年2月号）
「夜中目が覚めた時に必ず考える」（同3月号）
「そういう時に限って冷蔵庫の中のものが」（同5月号）
「吉行淳之介だけれど、もともとは牧野信一の」（同6月号）
「不眠症の伯爵のために」（同8月号）
「二番めに大切なものを賭ける」（同11月号）
「小面、若女、増、孫次郎、万媚など」（同12月号）
「流れるプールに流される」（2022年2月号）
「すでに破いて中味が空になっている部分」（同3月号）
「ロマン派」（同5月号）
「最初に読んだ三島由紀夫の小説は」（同8月号）
「水でぬらすと甘い匂いがする」（同9月号）
「袋いっぱいに黒い種が」（同12月号）
「山羊はいなかった」（2023年3月号）
「栃木に飛んでいく」（同5月号）

装幀　大久保伸子
装画　大塚文香

川上弘美（かわかみ・ひろみ）

1958年、東京都生まれ。'94年「神様」でパスカル短篇文学新人賞を受賞。'96年「蛇を踏む」で芥川賞、'99年『神様』でBunkamuraドゥマゴ文学賞、紫式部文学賞、2000年『溺レる』で伊藤整文学賞、女流文学賞、'01年『センセイの鞄』で谷崎潤一郎賞、'07年『真鶴』で芸術選奨文部科学大臣賞、'15年『水声』で読売文学賞、'16年『大きな鳥にさらわれないよう』で泉鏡花文学賞を受賞。'23年フランス芸術文化勲章オフィシエを受章。その他の作品に『なめらかで熱くて甘苦しくて』『ぼくの死体をよろしくたのむ』『神様 2011』『某』『三度目の恋』などがある。

恋《こい》ははかない、あるいは、プールの底《そこ》のステーキ

2023年 8 月22日　第一刷発行
2023年12月11日　第二刷発行

著　者　川上弘美《かわかみひろみ》

発行者　髙橋明男

発行所　株式会社講談社
〒112-8001　東京都文京区音羽 2-12-21
電話　出版　03-5395-3504
販売　03-5395-5817
業務　03-5395-3615

印刷所　株式会社ＫＰＳプロダクツ

製本所　株式会社若林製本工場

本文データ制作　講談社デジタル製作

KODANSHA
ISBN978-4-06-532438-7　N.D.C. 913